Bian...

ÍNTIMA VENGANZA

Caitlin Crews

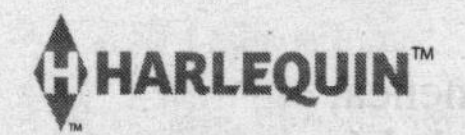

Editado por Harlequin Ibérica.
Una división de HarperCollins Ibérica, S.A.
Núñez de Balboa, 56
28001 Madrid

Íntima venganza, n.º 2664 - 28.11.18
Título original: Imprisoned by the Greek's Ring
Publicada originalmente por Harlequin Enterprises, Ltd.

I.S.B.N.: 978-84-9188-988-5
Depósito legal: M-30302-2018
Impresión en CPI (Barcelona)
Fecha impresion para Argentina: 27.5.19
Distribuidor exclusivo para España: LOGISTA
Distribuidor para México: Distibuidora Intermex, S.A. de C.V.
Distribuidores para Argentina: Interior, DGP, S.A. Alvarado 2118.
Cap. Fed./Buenos Aires y Gran Buenos Aires, VACCARO HNOS.

Capítulo 1

PODRÍA haber sido una tarde de martes cualquiera de una primavera británica triste y gris, pero por fin había ocurrido lo peor. No era que Lexi Haring no lo hubiera estado esperando. Todos habían estado en vilo desde que llegó la noticia. Después de muchos años y de todas las apelaciones, que los abogados de la familia Worth habían afirmado hasta casi el final que no eran más que ruido, Atlas Chariton era un hombre libre.

No solo libre. Inocente.

Lexi había visto la conferencia de prensa que él había dado delante de la prisión de los Estados Unidos en la que había estado cumpliendo cadena perpetua por un asesinato que las pruebas de ADN presentadas en su última apelación habían demostrado de manera concluyente que él no había cometido. Había sido puesto en libertad aquel mismo día.

Lexi no había podido desconectarse ni un solo instante del incesante chorreo de noticias, y no solo porque todos los canales estuvieran retransmitiendo en directo la conferencia de prensa.

–He mantenido mi inocencia desde el principio –había afirmado Atlas con su voz profunda y poderosa, que parecía atravesar la pantalla. El inglés con el que hablaba tenía una mezcla del acento británico y el griego, y resultaba tan misterioso para los oídos de Lexi como siempre. El efecto que ejercía sobre ella no había cambiado. Parecía llenar el pequeño estudio que Lexi tenía en un humilde barrio del oeste de Londres y por el que se consideraba afortunada. Tenía un largo trayecto en autobús, más diez minutos a pie a buen paso, para llegar a la finca de los Worth, en la que trabajaba gracias a la amabilidad de su tío. Aunque en ocasiones su tío no le pareciera tan buena persona, se lo guardaba para sí y trataba de no olvidar su buena fortuna.

–Estoy encantado de que se haya demostrado sin dejar lugar a dudas.

Atlas parecía mayor, tal y como era de esperar. No obstante, las canas aún no se habían atrevido a invadir el espeso cabello negro que siempre amenazaba con rizarse en cualquier momento. La ferocidad que siempre había habido en su rostro era mucho más evidente en aquellos momentos, diez años después de que fuera arrestado por primera vez. Hacía que sus ojos negros relucieran y que su cruel boca pareciera aún más dura y más brutal.

Provocando que Lexi se echara a temblar como siempre había conseguido, a pesar de estar al otro lado del Atlántico. El corazón se le había acelerado como le ocurría cada vez que él estaba cerca. Le parecía que él la estaba mirando directamente a ella, a través de las cámaras de televisión.

Al menos así se lo parecía a ella. Estaba segura. No tenía duda alguna de que él sabría perfectamente bien que ella lo estaría viendo a través de la televisión.

Recordó el modo en el que él la había mirado hacía diez años, cuando Lexi solo tenía dieciocho y, abrumada, tan solo conseguía tartamudear cada vez que su mirada se cruzaba con la de él en el agobiante juzgado de Martha's Vineyard. Sin embargo, de alguna manera, había conseguido dar el testimonio que lo había condenado.

Aún recordaba todas y cada una de las palabras que había dicho. Podía saborearlas en la boca, duras y amargas.

Recordaba demasiadas cosas. La presión a la que la habían sometido su tío y sus primos para que testificara a pesar de que ella no había querido hacerlo, dado que estaba desesperada por creer que podría haber otra explicación. Tenía que haberla.

También recordaba el modo en el que Atlas la observaba, furioso y en silencio, cuando ella se derrumbó en el estrado y admitió que no era capaz de encontrarla.

–¿Qué va a hacer ahora? –le preguntaba un periodista.

Atlas curvó la boca, letal y fría, más peligrosa que el más mortífero de los puñales. Lexi se sintió como si se le clavara en el vientre hasta la empuñadura. Nadie podría haber considerado aquel gesto como una sonrisa.

Era la maldición de Lexi, que incluso en aquellos momentos, después de todo lo que había ocurrido, Atlas era el único hombre que podía acelerarle los latidos del corazón.

–Ahora voy a vivir mi vida –prometió Atlas–. Por fin.

Lexi comprendió lo que quería decir. Lo que iba a ocurrir con la misma seguridad de que después de la noche sale el sol. Su tío Richard había preferido ignorar el asunto, pero él también lo sabía. Sus primos, Gerard y Harry, por su parte, se habían comportado como si no estuviera ocurriendo, del mismo modo que lo habían hecho hacía diez años, cuando Philippa fue encontrada muerta en la piscina en Oyster House, la casa de verano que la familia tenía en Martha's Vineyard. Del modo en el que se habían comportado a lo largo del juicio y de las apelaciones que se habían hecho a lo largo de los años, como si no fuera con ellos, como si todo fuera a desaparecer para dejar que volviera la normalidad y ellos pudieran fingir que nada había ocurrido.

Como si nunca hubiera existido la posibilidad de que un hombre como Atlas desapareciera sin dejar rastro, dentro o fuera de la cárcel.

Lexi siempre lo había sabido. Cuando había querido creer desesperadamente en su inocencia y cuando, de mala gana, había creído en su culpabilidad. Para ella, a pesar de todo, Atlas Chariton siempre había sido un hombre único en todo el mundo.

–La última cosa que va a querer hacer es retomarlo donde lo dejó –le decía el irascible Harry a todos los que le quisieran escuchar en la casa de la familia o en las oficinas distribuidas por la grandiosa finca familiar que era propiedad de los Worth desde hacía cientos de años y que se extendía por la zona oeste de Londres desde el siglo XVII–. Estoy seguro de que tiente tan poco interés por nosotros como nosotros por él.

Sin embargo, Lexi no era de la misma opinión. Había sido ella la que había ocupado el estrado, la que había tenido que ver el rostro de Atlas mientras testificaba en su contra, juzgándola y prometiéndole venganza.

Al principio se había convencido de que revelaba la clase de hombre que era, las señales que indicaban que era un asesino a pesar de los sentimientos secretos, mucho más tiernos, que ella había experimentado hacia él por aquel entonces.

Un amor adolescente, se había dicho que sentía para excusarse. Nada más.

Aquel día, frente al televisor, le parecía una maldición. El hecho de sentir una atracción tan desesperada y eterna por un hombre como Atlas y haber testificado en su contra... ¿De verdad había estado diciendo la verdad o se había plegado al deseo de su tío, tal y como siempre hacía? ¿O acaso era que, sencillamente, había querido sentir la atención de Atlas a cualquier precio?

No sabía qué responder o, para ser más exactos, en realidad no quería saber la respuesta.

Fuera lo que fuera lo que ella pudiera sentir, la ciencia decía la verdad. No había vuelta de hoja, por mucho que ella hubiera deseado que así fuera, desesperada por sentirse mejor por lo que había hecho. Había creído que había estado defendiendo a Philippa, haciendo lo correcto a pesar de lo mucho que le había dolido, pero en aquellos momentos...

Estaba segura de que pagaría. De eso no tenía ninguna duda.

Había tenido unas cuantas semanas entre la puesta en libertad de Atlas y su llegada a Londres para reconsiderar todo lo que pensaba sobre Atlas, para pensar en cómo la veía él. Seguramente no tenía muy buena opinión ni de la adolescente que había sido entonces ni de la mujer en la que se había convertido.

Y por fin estaba allí.

Lexi forzó una sonrisa y asintió a la secretaria que le había llevado la noticia.

–Gracias por venir hasta aquí para decírmelo –dijo, orgullosa de lo tranquila que sonaba, como si aquello le estuviera ocurriendo a otra persona.

–El señor Worth quería que se lo dijera a usted en especial –replicó la secretaria, que parecía algo nerviosa.

Lexi la comprendía perfectamente. Mantuvo la sonrisa en los labios mientras miraba por encima del hombro de la otra mujer hacia el césped y los jardines que habían dado a la antigua mansión de los Worth todo su esplendor en tiempos pasados. Aquel era otro día gris y húmedo, uno más de muchos, en el que solo el colorido de las flores de los parterres que bordeaban el camino de acceso a la casa parecían sugerir la cercanía de la tímida primavera.

Había dos vehículos aparcados en el exterior. Uno de ellos era el que la secretaria había utilizado para llegar hasta allí desde la casa principal y el otro era un Jaguar descapotable de color negro, que parecía sacado de una película de James Bond.

Lexi sintió que se le hacía un nudo en el estómago y que palidecía, pero no iba a mostrar su debilidad.

–Si se da prisa –añadió con la misma fingida tranquilidad de antes–, tal vez no le sorprenda la lluvia

La secretaria le dio las gracias y se marchó del pequeño despacho de Lexi. Por el contrario, Lexi permaneció donde estaba. Le resultaba imposible moverse.

Su despacho estaba lejos de la casa principal. Se pasaba los días en lo que había sido una cochera, separada del resto de la casa, de la familia y de los cientos de visitantes que recibía diariamente la finca a pesar de estar dentro de sus límites. Por supuesto, sus primos vivían en la finca. Gerard y su familia en una de las alas de la mansión, tal y como correspondía al heredero, y Harry en una de las casas, donde podía ir y venir y beber todo lo que quisiera. Ninguno de los dos había mostrado nunca interés alguno por dejar el hogar y explorar el mundo, aparte de los pocos años que habían pasado en la universidad.

Philippa había sido la única de la familia que había querido buscar algo diferente. Solo tenía diecinueve años cuando falleció y tenía muchos planes y sueños. Las exigencias y las tiránicas expectativas de su padre le habían resultado insoportables. Además, había sido una persona amable, divertida y leal y Lexi la echaba muchísimo de menos. Todos los días.

Lexi recordaba a Philippa cuando sentía la tentación de elaborar oscuros pensamientos sobre su tío y sus primos, algo que trataba de evitar en cuanto se le ocurría, porque le parecía que no estaba bien ser desagradecida, aunque estos pensamientos la acosaban con demasiada frecuencia. El tío Richard se había portado muy bien con ella a pesar de que ella tan solo era una sobrina a la que apenas conocía y de la que se podía haber deshecho con la misma facilidad que se había deshecho de la madre de Lexi.

Richard jamás había dado su aprobación al problemático matrimonio de su hermana Yvonne con Scott Haring y mucho menos a la vida triste y desesperada que se había visto obligada a llevar con un hombre tan débil y con tantos defectos. Sin embargo, allí había estado el día en el que los padres de Lexi habían sucumbido por fin a sus adicciones, dispuesto a acogerla y a darle una vida.

Por supuesto, ella le estaba profundamente agradecida por ello. Siempre lo estaría.

Y, en los días en los que le costaba sentirse agradecida mientras hacía el trabajo que sus primos y su tío pasaban por alto y, de nuevo, cuando se marchaba a su pequeño y desaliñado piso mientras ellos se rodeaban de lujos, la ayudaba recordarse que Philippa hubiera considerado la vida de Lexi una gran aventura. Literalmente. El estudio en un barrio en el que Lexi podía ir y venir, pasando totalmente desapercibida. Ir al trabajo en autobús y andando, como cualquier londinense normal. Para Philippa, que se había criado en una burbuja de la alta sociedad, todas aquellas pequeñas cosas eran mágicas.

«Incluso esto», pensó Lexi, cuando oyó que la puerta de la cochera se abría y cerraba con más fuerza de lo normal. Comprendió por fin quién había llegado para enfrentarse a ella, sin que nadie, ni las autoridades estadounidenses ni el tibio apoyo de su tío y sus primos pudieran protegerla.

Por fin iba a ocurrir, después de la preocupación de la última década y del pánico de las últimas semanas. Su peor pesadilla se había hecho por fin realidad.

Atlas estaba allí.

Oyó los pesados pasos al otro lado de la puerta y se preguntó si estaba hecho de piedra. ¿Se habría convertido en el monstruo que todos pensaban que era, y al que ella le había empujado a ser, después de tantos años?

No sabía qué hacer. ¿Debería ponerse de pie, permanecer sentada? ¿Esconderse tal vez en el pequeño armario y esperar que él se marchara, aunque tan solo consiguiera retrasar lo inevitable?

Lexi nunca se había escondido de las cosas desagradables que le había deparado la vida. Eso era lo que le ocurría a una chica que tenía que salir adelante en solitario ignorada por sus padres, o cuando se veía obligada a vivir con una nueva familia que la trataba bien, pero que nunca le dejaban imaginar siquiera que era uno de ellos.

Aquella actitud podría parecer desagradecida, pero no podía serlo. En ese caso, no sería mejor que su madre. Se había pasado toda la vida tratando de no parecerse en nada a Yvonne Worth Haring, la rutilante heredera con el mundo a sus pies que había muerto en la miseria como cualquier otra adicta a las drogas.

Lexi se negaba a seguir el mismo camino y se recordaba que el sendero que había conducido a su madre al infierno de las drogas estaba plagado de la ingratitud hacia el que había sido su hermano.

Por fin, los pesados pasos se detuvieron al otro lado de la puerta y ella sintió que el corazón se le detenía en seco. Se alegró de haber permanecido sentada, protegida por el enorme escritorio. Estaba segura de que las piernas no la habrían sostenido.

La puerta se abrió lentamente y entonces, él apareció. Allí estaba. Lexi permaneció inmóvil, incapaz de hacer otra cosa que no fuera mirarlo.

Atlas.

Allí estaba.

Ocupaba por completo la puerta que daba acceso al pequeño despacho de Lexi. Era más corpulento y fuerte de lo que recordaba. Siempre había sido un hombre de un físico esculpido y atlético, por supuesto. Esa era una de las razones por las que había sido tan adorado por toda Europa en su día. Otra razón por la que toda Europa le había adorado había sido la épica ascensión desde la nada hasta el poder que había conseguido reunir, acompañado todo ello de un atractivo físico inigualable. A Lexi le había resultado difícil pasarlo todo por alto entonces y seguía siendo así.

Recordaba todos los detalles sobre él, aunque los recuerdos los hubieran mitigado un poco. En persona, era un hombre inteligente, atractivo, inconfundible.

Su contundente nariz, junto con la beligerante barbilla y los altos pómulos, le proporcionaban un perfil aguerrido que aceleraba sin remedio el pobre corazón de Lexi. Atlas lo había tenido todo hacía diez años y lo seguía teniendo, aunque de un modo diferente. Seguía siendo muy guapo, pero su belleza era más dura, más intensa, una tormenta en vez de una obra de arte.

De repente, el pánico se apoderó de ella y se sintió como si las manos de Atlas le estuvieran apretando el cuello. No podía reaccionar, tan solo mirarlo, sintiendo que él era su infierno privado.

Atlas seguía observándola desde la puerta. Llevaba un traje oscuro que le se ceñía perfectamente al cuerpo y daba idea perfectamente de su tamaño y de su corpulencia. Siempre había sido dueño de un magnetismo imposible, que lo acompañaba por dónde iba y que hacía que el vello de Lexi se pusiera de punta cuando estaba cerca de él. Sin que pudiera evitarlo, le era imposible escapar a él y al anhelo que la cercanía de su cuerpo provocaba en ella.

Aquel anhelo le había mantenido despierta algunas noches y no había desaparecido con el tiempo, sino que se había ido transformando en pesadillas que la despertaban en su pequeño estudio y que, en ocasiones, la impedían volver a dormir.

Atlas se había convertido en un hombre mucho más imponente. Había en él algo peligroso y salvaje que el traje hecho a medida no lograba ocultar. En aquellos momentos, la estaba mirando como si se estuviera imaginando lo que sentía al hacerla pedazos con sus propias manos.

Lexi no podía culparlo. Sentía un nudo en la garganta y tenía las palmas de las manos húmedas. Sentía náuseas, pero el modo en el que él la observaba le impedía sucumbir.

–Lexi... –murmuró él–. Por fin.

–Atlas.

Lexi se sintió orgullosa del modo en el que había pronunciado su nombre. Sin dudar. Con firmeza, como si se sintiera perfectamente, aunque todo era una fachada, una mentira.

Atlas no dijo nada más. No entró en el despacho. Permaneció donde estaba, observándola. La tensión del momento era insoportable.

–¿Cuándo has llegado a Londres? –preguntó ella manteniendo la voz sosegada, aunque algo más débil.

Atlas levantó una ceja, gesto que ella sintió como un bofetón.

–¿Ahora vamos a hablar de trivialidades? –replicó él haciendo que Lexi se sintiera muy pequeña–. Llegué esta mañana, como estoy seguro de que sabes muy bien.

Por supuesto que lo sabía. Atlas había ocupado todas las noticias desde que su avión aterrizó en Heathrow aquella mañana.

Lexi no parecía ser la única que no se cansaba de saber sobre el ascenso y caída de Atlas Chariton, un hombre que se había creado a sí mismo desde la nada y que se había movido en la alta sociedad como si hubiera nacido en ella. Fue contratado como director gerente de Worth Trust muy joven y había supervisado los cambios y la reorganización que habían transformado la histórica finca para convertirla en un lugar abierto al público. Al hacerlo, había conseguido que todo el mundo fuera muy, muy rico. Él había sido el responsable de la apertura de un restaurante que contaba ya con una estrella Michelin en los jardines de la casa, había creado el hotel de cinco estrellas que había funcionado a la perfección mientras él estaba en la cárcel, había empezado los nuevos programas que habían seguido desarrollándose en su ausencia. Gracias a él, la mansión Worth y sus jardines se habían convertido en una atracción turística de primera categoría.

Y entonces, se le acusó del asesinato de Philippa y fue encarcelado. Desde aquel momento, todos habían estado viviendo de lo que él había creado.

–¿Cómo lo has encontrado todo? –le preguntó ella, sin saber qué decir.

Atlas la miró intensamente, haciendo que ella se ruborizara de nuevo y se sintiera atribulada por la vergüenza que sentía.

–El hecho de que sigáis de pie, sin haber caído en la ruina me ofende profundamente –gruñó él.

–Atlas, quiero decirte que...

–Oh, no. Creo que no –replicó él, con un gesto que no llegó a tener la calidez de las sonrisas de antaño, sino que fue una mueca cruel y terrible–. No te disculpes, Lexi. Es demasiado tarde para eso.

Lexi se puso de pie, como si no pudiera evitarlo. Se alisó la falda y esperó que su aspecto fuera el que había imaginado que tenía aquella mañana cuando se miró en el espejo. Capaz. Competente. Poco merecedora de aquel ataque malevolente.

–Sé que debes de estar muy enfadado...

Atlas soltó una carcajada. El sonido le recorrió a Lexi la espalda, apoderándose del vientre y provocándole de nuevo el viejo anhelo de antaño, encendiendo un fuego que ella comprendía muy bien.

No había escuchado nunca una risa como aquella, pero, en aquella ocasión, no transmitía alegría y era tan letal que ella solo sentía deseos de bajar la mirada para comprobar si tenía alguna herida de bala.

–No tienes ni idea de lo enfadado que estoy, jovencita –le espetó Atlas. La furia que transmitía su voz hizo que los negros ojos le relucieran aún más, mientras la miraban a ella fijamente, atravesándola sin piedad–, pero la tendrás. Créeme que la tendrás.

Capítulo 2

ATLAS estaba acostumbrado a la furia. A la rabia. Esa espiral negra que lo asfixiaba había amenazado con arrastrarlo una y otra vez durante los últimos diez años y casi había conseguido terminar con él.

Sin embargo, aquello era diferente. Ella era diferente.

La pequeña Lexi Haring, que en su momento lo había seguido por aquellos jardines como si fuera un tímido cachorrillo de enormes ojos y dulce sonrisa, era la responsable de su destrucción.

Por supuesto, sabía que ella tan solo era un peón. Atlas sabía perfectamente la poca consideración en la que la tenían sus parientes. Su presencia en aquella cochera alejada de todo dejaba muy claro su estatus dentro de la familia Worth, lejos de todos los que importaban. Más que eso, Atlas había tenido sus propios detectives indagando sobre aquella familia durante años, reuniendo todo lo que él necesitaba para que, por fin, hubiera podido quedar libre y sabía datos sobre aquella familia que dudaba que la propia Lexi conociera, datos que utilizaría contra ella sin pensárselo dos veces cuando surgiera la oportunidad.

Desde el momento de su arresto, Atlas se había negado a aceptar que nunca más estaría libre. En aquellos momentos, allí de pie en aquella antigua casa, se dio cuenta de que recordaba todos los entresijos de la familia Worth más de lo que le gustaría. Todos los recuerdos del modo en el que habían excluido a Lexi mientras fingían ayudarla, manteniéndola cerca para que estuviera agradecida, pero nunca lo suficiente para que olvidara el lugar que le correspondía ocupar.

Atlas no sentiría nunca compasión por ella. Lexi era la que se había sentado en el estrado y le había arruinado la vida.

Recordaba su testimonio demasiado bien, el modo en el que ella lo miraba, con los enormes ojos castaños llenos de lágrimas, como si le doliera acusarle de lo que estaba diciendo. Y peor aún, con miedo.

A él.

Lo peor no era lo que ella le había hecho, sino que, al contrario del canalla de su tío, había creído que él había hecho lo que estaba acusándole de haber hecho. Lexi había creído de todo corazón que él era un asesino, que había tenido una discusión con la impetuosa Philippa y que, como consecuencia de aquella discusión, él la había estrangulado. Según las afirmaciones de la acusación, él era un hombre incapaz de controlar su impulsividad y había temido que una relación con la heredera de los Worth terminara despidiéndolo. Después de estrangularla, la había arrojado a la piscina del complejo de Oyster House. Lexi la encontró a la mañana siguiente muy temprano cuando salió a buscarla.

–Si el señor Chariton temía que podría perder su puesto en la empresa a causa de la señorita Worth, ¿por qué la iba a dejar en la piscina para que alguien la encontrara en el momento en el que se despertara? –su abogado defensor le había preguntado a Lexi.

Atlas aún recordaba el modo en el que los ojos de ella se le habían llenado de lágrimas. El temblor de sus labios. La mirada que le dedicó, allí, en el tribunal, como si él turbara sus sueños todas las noches, como si además de creer que había matado a Philippa, también le hubiera roto a ella el corazón.

–No lo sé –había susurrado–. No lo sé...

Y, al responder así, le había convertido en el monstruo en el que el jurado le había convertido después de tan solo dos horas de deliberación.

El hecho de que Lexi creyera que él pudiera haber hecho algo tan terrible y lo disgustada que ella había parecido por aquella posibilidad, lo había mandado a la cárcel durante más de una década. Era casi como si ella misma le hubiera echado la llave a la celda.

–Estás más mayor –dijo él cuando resultó evidente que ella no pensaba decir ni una sola palabra.

–Tenía dieciocho años cuando te marchaste –respondió Lexi después de un instante, con las mejillas sonrojadas–. Por supuesto que me he hecho mayor.

–Cuando me *marché* –repitió él, tiñendo de cierta malicia sus palabras–. ¿Es así como te refieres a lo que ocurrió? ¡Qué eufemismo tan delicioso!

–No sé cómo llamarlo, Atlas. Si pudiera retirarlo...

–Pero no puedes.

Aquella frase se interpuso entre ellos, llenando el espacio del pequeño despacho, tan minúsculo y poco lujoso como vasto y grandioso era todo lo que les rodeada. Atlas comprendió perfectamente por qué su malvado y manipulador tío la había colocado allí. No quería que se imaginara en ningún momento que estaba a la misma altura que sus vagos e irresponsables hijos.

Atlas dio un paso al frente y entró en el pequeño despacho. No necesitaría más que dar un paso más para llegar al otro lado del escritorio. Lo que realmente le preocupaba era lo mucho que deseaba estar cerca de ella, no solo para incomodarla, aunque era en parte lo que quería.

También quería tocarla y no porque los últimos diez

años hubieran sido particularmente amables con ella, tanto que, de hecho, había tenido que detenerse un instante en la puerta para poder manejar su reacción. Había esperado encontrarse con una muchacha aburrida y triste y Lexi se había convertido en algo completamente diferente. Sin embargo, ese hecho tan solo podía beneficiarle.

Atlas tenía un plan muy concreto del que Lexi formaba una parte integral y que implicaría mucho más que tocarla. Tendría que conseguir todo su cuerpo y hacer que ella se rindiera a su voluntad en todos los aspectos. El hecho de que ella tuviera hermosas curvas y resultara muy atractiva hacía que las perspectivas fueran mucho mejores para él.

–No sé qué decir –susurró ella mientras Atlas observaba, fascinado, cómo había entrelazado los dedos y se los había puesto sobre el vientre, como si así pudieran proporcionarle una especie de armadura.

–¿Estás retorciéndote las manos? –le preguntó él inclinando la cabeza hacia un lado para contemplar los libros que había en las estanterías. Ejemplares sobre la maldita mansión y la familia Worth–. ¿Acaso quieres que sienta compasión por ti?

–Por supuesto que no. Yo solo...

–Se trata de esto, Lexi –dijo él mientras se dirigía hacia la ventana. Había empezado de nuevo a llover–. No solo me traicionaste, sino que también te traicionaste a ti misma. Y lo peor de todo, creo que también a Philippa.

Lexi se sobresaltó al escuchar aquellas palabras.

–¿Acaso crees que no lo sé? –le preguntó ella con un hilo de voz–. Desde que te soltaron, no he hecho más que repasar mentalmente lo que ocurrió para tratar de comprender cómo me pude haber equivocado de ese modo, pero...

–Por suerte para ti, Philippa está tan muerta ahora como lo estaba hace diez años –le espetó Atlas sin la más mínima piedad al ver que ella palidecía–. Ella es la única entre nosotros que no tiene que ser testigo de lo que ha ocurrido aquí. Un error de la justicia. El encarcelamiento de un inocente. Todas las maneras en las que esta familia se vendió, traicionándose a sí misma y a mí al mismo tiempo. Y, al hacerlo, también, ha dejado sin resolver el asesinato de Philippa durante más de una década. No obstante, hay una pregunta que llevo muchos años queriéndote hacer.

Atlas esperó a que ella lo mirara. Tenía los ojos castaños llenos de una profunda emoción. «Bien», pensó. Esperaba que le doliera.

–¿Estás orgullosa de ti misma? –le preguntó, tras esperar unos segundos más.

Lexi tragó saliva. Durante un instante, él creyó que iba a echarse a llorar, pero no fue así. Eso le provocó una cierta sensación de orgullo, aunque no debería importarle que ella tuviera más control de sí misma que hacía diez años.

–No creo que nadie esté orgulloso de nada...

–No estamos hablando de eso. Te aseguro que tu tío y tus primos no sienten lo mismo y ninguno de los tres se merecen que tú te apresures en defenderlos. Estoy hablando de ti, Lexi. Estoy hablando de lo que tú hiciste.

Había esperado que ella se desmoronara, porque la antigua Lexi así lo habría hecho. Siempre había sido insustancial para él. Siempre en segundo plano. Siempre detrás de Philippa. Tan solo tenía dieciocho años entonces y era una pequeña promesa de una belleza que aún no había florecido.

Nunca había tenido duda alguna de que así sería. Había sabido incluso entonces, cuando había decidido no prestar demasiada atención a las dos jovencitas que recorrían juntas la finca de los Worth, siempre riendo y molestando.

La boca de Lexi siempre había sido demasiado grande para su rostro. Demasiado amplia, demasiado exuberante. Por supuesto, había sido entonces algunos centímetros más baja, siempre rebosante de una entusiasta energía que le hacía parecer extraña junto a su prima Philippa, tan lánguida y tan rubia.

Solo eran unas niñas, pero, sin embargo, Philippa siempre había parecido mucho mayor. No obstante, Lexi cargaba ya por entonces con un gran bagaje por las experiencias que le habían hecho vivir las adicciones de sus padres.

Atlas odiaba el afecto que había sentido en el pasado por la pariente pobre de los Worth, la pobre muchacha de la que la familia había hecho su propia versión de la Cenicienta, como si ella hubiera tenido que estar contenta conformándose con sus sobras y su condescendencia durante el resto de su vida.

Resultaba evidente que eso era precisamente lo que estaba haciendo. Se lo había tomado muy a pecho, encerrada en el rincón más lejano de la finca, donde podía hacer todo el trabajo y permanecer fuera de su vista. Tal y como su tío siempre había querido. Atlas debería sentir compasión por ella, pero no era así.

Se había convertido en una mujer muy bella, pero aquel día parecía ir vestida como la típica secretaria anodina, con una falda muy sensata y una blusa a la que era imposible ponerle pegas. Llevaba el cabello castaño recogido severamente sobre la nuca, tan tirante que debería haberle dado un buen dolor de cabeza. Parecía estar vestida para pasar desapercibida, pero, a pesar de todo, el ratón de biblioteca, la Cenicienta no se arrugó, lo que hizo que a Atlas le pareciera mucho más valiente que algunos de los hombres que había conocido en la cárcel.

–Nunca sabrás lo mucho que me arrepiento de que mi testimonio te metiera en la cárcel –dijo ella–, pero no dije ni una sola mentira. No me inventé nada. Solo dije lo que vi.

–Lo que viste –repitió él con una amarga carcajada–. Querrás decir lo que tu cerebro adolescente tergiversó para hacer que fuera...

–Fue lo que vi. Nada más y nada menos –afirmó ella–. ¿Qué esperabas que hiciera? ¿Que mintiera?

–Por supuesto que no –dijo Atlas mientras se colocaba directamente enfrente de ella, tan solo separados por el escritorio–. Después de todo, ¿qué puede haber más importante que tu palabra? ¿Que tu virtud? –añadió, poniendo un cierto énfasis en la última palabra que hizo que ella se echara a temblar–. Comprendo que esa es la condición para la caridad de la que gozas aquí. Tu tío siempre ha sido muy claro al respecto, ¿verdad?

Lexi volvió a sonrojarse. Atlas no debería haberse sentido fascinado por lo que vio. Se dijo que no era nada más que las consecuencias del tiempo que había pasado en prisión y que provocaban que cualquier mujer le resultara atractiva. No era nada personal. No podía serlo. Tenía demasiado trabajo que hacer.

–Mi tío siempre ha sido muy amable conmigo –afirmó ella, aunque la mirada parecía indicar que no se acababa de creer del todo sus propias palabras.

–Sé que él te pide que te lo creas.

–Comprendo que tú eres la última persona del mundo que pudiera tener buena opinión de esta familia y no te culpo por ello.

–Me imagino que debería considerarse una especie de progreso que se me permita mi propia amargura, que ya no se considere parte de mi culpabilidad, como si el remordimiento por un crimen que no cometí pudiera convertirme en un hombre mejor –dijo él mirándola duramente.

Atlas se había pasado todos aquellos años en prisión furioso, planeando, supurando.... Había descartado las ideas más alocadas. Aquello era lo que le hacía a un hombre la vida en prisión. Era terreno fértil para mantener las heridas abiertas y cuanto más profundas mejor. Sin embargo, él jamás habría creído que tenía la oportunidad de poner todo aquello que había pensado en movimiento.

–No te voy a mentir, Lexi. Esperaba que todo esto fuera más difícil.

–¿Te refieres a tu regreso?

Él observó, fascinado, cómo Lexi apretaba los labios, como si estuvieran secos o ella estuviera nerviosa. Atlas había estado sin compañía femenina más de lo que nunca hubiera creído posible antes. Pasara lo que pasara, seguía siendo un hombre. Se le ocurrían varias maneras de humedecer aquellos labios.

Sin embargo, se estaba adelantando.

–No espero que creas lo que te voy a decir –susurró ella–, pero todo el mundo se siente muy mal. Mi tío. Mis primos. Todos. Yo especialmente. Haría cualquier cosa por cambiar lo que ha ocurrido. Créeme.

–Tienes razón –murmuró él. Esperó a que se encendiera la llama de la esperanza en su mirada–. No te creo.

Lexi era demasiado sencilla. Resultaba muy fácil leerla.

–No sé por qué has venido aquí –dijo ella tras un momento–. Esperaba tu odio, Atlas. Sé que me lo he merecido.

–¿Acaso no eres la mártir perfecta? Pero no va a ser tan fácil, Lexi. Si te haces a la idea, tal vez no te resulte tan terrible la experiencia. O tal vez sí.

Ella pareció presa del pánico, pero permaneció inmóvil. Ni se desmayó ni gritó ni hizo nada de lo que Philippa habría hecho. Ni berrinches ni drama.

Lexi nunca había resultado nada teatral. Precisamente por eso, habría resultado un testigo tan eficaz para la fiscalía. Atlas no debía olvidar cómo le había clavado el cuchillo ni por un instante. No debía sentir vínculo alguno hacia ella. Tan solo era un peón, pero le irritaba tener que seguir recordándoselo.

–¿De qué estás hablando? –le preguntó ella con un hilo de voz.

–Me alegro mucho de que me lo hayas preguntado. Ven aquí.

Lexi dudó un instante y tragó saliva. Atlas se preparó para una serie de quejas o excusas, lo que fuera para tratar de escapar a lo que se le venía encima, pero ella no dijo nada. No protestó. Se estiró la blusa y rodeó el escritorio.

–Más cerca –le ordenó Atlas cuando ella se paró.

Lexi volvió a tragar saliva. Atlas sintió su miedo y su aprensión y, la verdad, era que resultaba mucho mejor de lo que había imaginado y Dios sabía que había imaginado aquel momento una y otra vez, tantas veces que le parecía que ya había ocurrido.

Ella dio un paso. Luego otro.

–Aquí –le dijo Atlas con voz ronca y cruel mientras señalaba un punto en el suelo que quedaba a pocos centímetros por delante de él.

Lexi volvió a sorprenderle. No se podía negar la intranquilidad de su mirada, de su expresión, pero, simplemente, dio un paso al frente y se colocó exactamente donde él le había indicado. Entonces, levantó el rostro y lo miró a los ojos.

–Creo que los dos estaremos de acuerdo en que estás en deuda conmigo –dijo él.

–Ojalá pudiera cambiar el pasado, pero no puedo.

–Es cierto. No puedes cambiar ni un segundo de los últimos diez años...

–Atlas...

–Tu tío me ha invitado a cenar esta noche en su casa –le dijo–. Tal vez ya lo sabes.

–Sabía que era su intención, sí.

–Tu tío cree que compartir su comida conmigo en vez de pelearnos en un tribunal hará que todo esto desaparezca, pero no es así.

–No creo que nadie lo espere.

–Maravilloso. En ese caso, nadie se sorprenderá por lo que ocurra ahora. Estoy seguro.

–Atlas, te lo ruego. Nadie quería hacerte daño. Tienes que creerlo.

–Deja que te diga yo lo que creo, Lexi. Creo que tú eras una adolescente, que viste algo que no comprendiste y a lo que le diste una interpretación que te pareció correcta. Ni siquiera te culpo por ello en cierto modo. Eras casi una niña y de todos los buitres y mentirosos de esta familia, Philippa era al menos la más auténtica. En eso, sospecho que en realidad le gustabas.

–Estás hablando de mi familia. Les gusto a todos –protestó ella.

Atlas no creyó que ni ella misma estuviera convencida de lo que acababa de decir. Torció la boca con gesto irónico.

–Créete tú esas mentiras si quieres. No puedo impedírtelo, pero no me las digas a mí.

–Tienes una imagen muy dura sobre la familia Worth. Comprendo que tienes todo el derecho, pero eso no significa que yo vaya a estar de acuerdo contigo. No los odio del modo en el que los odias tú.

Atlas se echó a reír.

–Lexi, tu tío no era ningún adolescente. Él no sentía

confusión alguna. Sabía exactamente lo que estaba haciendo y tú deberías preguntarte por qué se mostraba tan ansioso de hacerlo.

–Mi tío siempre ha sido muy amable...

–Al menos, Lexi, debes preguntarte por qué, cuando tu tío sabía perfectamente que yo no podría haber matado a su hija, fingió pensar lo contrario. Tus primos, creo que los dos estaremos de acuerdo en eso, son de un grado variado de inutilidad. Creen lo que sea lo más conveniente y mejor para llenarse el bolsillo, pero tú deberías ser de otro modo. ¿Es que no quieres o no puedes?

Lexi tardó un instante en contestar.

–Si les odias tanto... si nos odias tanto... no sé qué estás haciendo aquí –le espetó apretando los puños a los lados del cuerpo–. Puedes ir a cualquier lugar del mundo, Atlas. ¿Por qué regresar a un lugar que te ha causado tanto dolor?

–Porque tengo la intención de causar dolor a cambio –repuso él mirándola con dureza y crueldad.

–Yo creo que ya ha habido demasiado dolor...

–Estarás en esa cena esta noche.

–No me han invitado.

–Lo sé. ¿Acaso no te sorprende que mientras ellos te presentaron a ti como testigo de la acusación, no les interesa tanto que asistas a mi glorioso retorno?

–No es que no les interese, es que yo no soy como ellos. No me interesa el patronato de la finca, en primer lugar.

–A pesar de que eres la única que trabaja para el patronato –le recordó Atlas–. ¿No te parece raro?

Lexi parpadeó y él sintió que por fin le había hecho abrir los ojos.

–Eso no importa. Así es como funcionan las cosas aquí y todos estamos contentos con ello a excepción, aparentemente, de ti. Insisto en que no me han pedido que vaya a esa cena.

–Pues te voy a invitar yo. Le dije a tu tío que esperaba a toda la familia y él no parece dispuesto a contrariarme, al menos no tan pronto, mientras aún me persiguen por todas partes los *paparazzi*.

–No sé por qué me quieres allí. Lo que tienes que hacer es hablar con el tío Richard y mis primos, para ver qué...

–Lo primero que tienes que saber, Lexi, es que yo pongo las reglas –la interrumpió él sonriendo–. Yo te diré cuándo hablar y lo que debes decir. Si no te digo nada, debes permanecer en silencio. Después de todo, los dos sabemos que eso se te da muy bien, ¿verdad?

Lexi palideció.

–No sé qué quieres decir.

–Pues yo creo que sí. Te has pasado la vida entera tratando de ser una más aquí. Solo tienes que seguir haciéndolo.

A Lexi no le gustaba, Atlas estaba seguro de ello, pero ella no contestó. Estaba convencido de que había fuego en ella, genio y pasión, pero ella nunca lo dejaba ver.

–Tanto si yo trato de ser una más como si no, ¿qué tiene eso que ver contigo?

–En esa cena, espero que tu tío me ofrezca algún tipo de compensación por los años que pasé en la cárcel. Dinero. Un trabajo. Lo que sea. No será suficiente.

–¿Acaso podría serlo alguna cosa?

–Me alegro de que lo hayas preguntado. La respuesta es no.

–En ese caso, ¿qué es lo que esperas...?

–Me he pasado años tratando de decidir lo que me vendría mejor y también lo que sería menos agradable para tu tío. Solo se me ocurrió una cosa. Por supuesto, reclamaré mi puesto. Aceptaré todo el dinero que se me debe y mucho más. Una vez más, tendré todo lo que tanto me costó conseguir antes de que me lo arrebataran, pero eso no me devolverá diez años de mi vida, ¿no te parece?

–No. Nada podría hacerlo.

–Nada. Así que, ya ves, no me queda más elección que asegurarme de que esto no me puede volver a ocurrir nunca más. No seré el objetivo de tu tío. Seré algo mucho peor. Familia –añadió con una oscura y cruel sonrisa.

Lexi no comprendió. Atlas vio la confusión en su rostro y eso le agradó. Nunca había sido un buen hombre, solo un hombre muy ambicioso. Había luchado por salir de lo más bajo sin la ayuda de nadie porque se negaba a seguir viviendo allí. Mientras que Lexi había sido alocada y tonta a los dieciocho años, él había sido un hombre determinado. Decidido. Nunca había habido otra opción.

Absorbió su primera empresa cuando apenas tenía veinte años y la transformó en un referente mundial. De eso, pasó a una cadena de tiendas de ropa que había estado al borde de la quiebra y la transformó para convertirla en el parangón del lujo. La transformación de la mansión Worth debía de haberle catapultado a la estratosfera. Sin embargo, había ido a prisión y se había pasado diez años lleno de furia.

–No sé de qué estás hablando –dijo Lexi.

–Tu tío me ofrecerá muchas cosas esta noche –afirmó Atlas.

Todo dependía de que Richard Xavier Worth se comportara tal y como se había comportado siempre. Un hombre como Atlas, que había trabajado para él, lo había estudiado a la perfección. Richard debería haber tenido más cuidado con el hombre al que envió a prisión.

–Yo las aceptaré todas –prosiguió–. Entonces, aceptaré una cosa más. Tú.

–¿Yo? –preguntó Lexi cada vez más confusa.

–¿Se te ha ocurrido preguntarte alguna vez por qué tu tío se toma tantas molestias en esconderte? Te trata como si fueras una empleada más y tú nunca te preguntas por qué, ¿verdad?

–Porque, esencialmente, eso es lo que soy y le estoy agradecida. Agradezco toda la ayuda que los Worth se dignen a darme porque es mucho más de lo que yo habría obtenido si mi tío me hubiera dejado donde me crie.

Atlas no debería haberse sorprendido de lo mucho que ella se creía aquella historia. Después de todo, hasta él había creído a Worth. ¿Cómo iba una niña a dudar de un mentiroso como Richard cuando Atlas no se había percatado de sus intenciones?

–Sí, sobre eso otra pregunta. ¿Te has parado a pensar alguna vez por qué tu tío te encontró tan rápidamente?

–No sé qué es lo que todo esto tiene que ver con lo que está ocurriendo aquí –estalló Lexi por fin–. Mi madre se marchó de aquí. Doy las gracias todos los días de que mi tío decidiera que, solo porque la desheredó a ella, no tenía que olvidarse de mí también.

–Claro, tu tío es un hombre muy sensible –dijo con desprecio, esperando que Lexi comprendiera–. La familia es lo primero, por supuesto.

Ella se sonrojó al escuchar el irónico tono de voz.

–Bueno, es un poco reservado, pero sí...

–Tu tío jamás tuvo el poder de desheredar a tu madre, Lexi. ¿Entiendes lo que te estoy diciendo? –le preguntó al ver que ella no reaccionaba–. Tú eres tan heredera de la familia Worth como lo era Philippa. El dinero que se le quitó a tu madre es ahora tuyo. Y con intereses.

–Eso no es posible...

–Por supuesto, como tu madre era tan desastrosa, hay una pequeña cláusula en tu fideicomiso que dice que, si tu tío no aprueba al hombre con el que te cases, jamás verás un penique de tu fortuna. Si no te casas nunca, él seguirá ocupándose de tu fortuna como le parezca, a menos que te cases en el futuro....

–Mi... Yo no tengo ninguna fortuna –dijo ella sacudiendo la cabeza.

–Claro que la tienes. Siempre la has tenido –afirmó Atlas mientras extendía la mano y le agarraba la barbilla, soltándosela antes de que se le ocurriera empezar a acariciársela.

Se dijo que la sensación que experimentó se debía a los años que había pasado en prisión, no a Lexi. Necesitaba una mujer, cualquier mujer.

–Y yo la quiero.

–¿Qué es lo que quieres?

–Te quiero a ti, Lexi –afirmó sin sentimiento romántico alguno–. Cuando tu tío me pregunte qué más puede darme, eso será lo que le diré. Que tengo la intención de casarme contigo y él me dará su entusiasta bendición o se lamentará toda su vida.

–Nada de esto... yo no... –susurró ella temblando–. No lo hará. Por muchas razones.

–Te aseguro que lo hará –le aseguró Atlas sin duda alguna–. Si no lo hace, hundiré este lugar y a esta familia hasta lo más profundo, Lexi. Y mejor aún, disfrutaré haciéndolo.

Capítulo 3

LEXI era la única que no se había vestido para la cena, lo que tuvo el efecto inmediato de hacer que se sintiera como una sirvienta. Trató de armarse de valor y de ocultarlo bajo su habitual expresión de serenidad, la que había practicado en el espejo durante años cuando era más joven, pero al sentarse en el comedor familiar para la cena con sus ajadas ropas de oficina mientras a su alrededor sus primos se mostraban en todo el esplendor típico de los Worth, sintió que le escoció.

Tal vez, de repente, todo le escocía y sus ropas eran simplemente una cosa más. No tenía ni idea de dónde se había ido el resto de su tarde.

Cuando Atlas se marchó de la cochera, ella permaneció inmóvil durante mucho tiempo, como si hubiera olvidado moverse. En algún momento, recordó haberse acercado a la ventana, a las piedras que había coleccionado durante las únicas vacaciones a las que había ido con sus padres y había visto que el crepúsculo comenzaba a caer sobre la finca. Eso significaba que ya no tenía tiempo de volver a su casa para cambiarse y luego regresar a tiempo para la cena.

Tal vez una parte de ella había querido que así fuera. Tal vez había querido presentarse en aquella cena formal vestida como una oficinista para recordarse que, para sus parientes, era el familiar pobre a la que tío Richard había ido a recoger a los ocho años de edad.

Sin embargo, si lo que Atlas le había dicho era verdad, tal vez nunca había sido tal cosa. ¿Lo sabían todos ellos? ¿Formaban todos parte de aquello o acaso siempre habían creído lo mismo que Lexi?

Ella no quería pensarlo demasiado. Era demasiado, además del asesinato de Philippa y de la preocupación sobre el regreso de Atlas. Ya solo el hecho de que él hubiera salido de la cárcel era demasiado, para que, además, hubiera ido a verla a ella para revelarle unos hechos que podrían, literalmente, cambiarle la vida. Era demasiado. Él era demasiado. Por no mencionar la amenaza que le había lanzado.

–¿Qué estás haciendo aquí? –le preguntó Harry cuando ella se acomodó en el sofá más alejado del salón, donde había creído que su presencia se notaría menos. Harry resultaba demasiado provocador para su gusto. Era pelirrojo, pero carecía del atractivo del príncipe con el que compartía su nombre. Su primo estaba siempre borracho y era un amargado–. ¿Acaso has traído algo para que lo firme mi padre?

Lexi sintió en aquel momento lo que llevaba tantos años tratando de ignorar. La parte oscura y furiosa de ella a la que siempre le había costado un poco encontrar la gratitud que se esperaba por su parte. Especialmente cuando la trataban como una empleada más en vez de como un miembro de la familia.

–Estoy invitada –replicó, tal vez más fríamente de lo necesario.

No mencionó por quién. Si a Harry le sorprendieron las palabras o el tono, se lo guardó entre los cócteles que tomó antes de cenar, como siempre hacía. Cuando todos estuvieron dispuestos para ir al comedor, Harry ya estaba prácticamente borracho.

Atlas por su parte, llegaba tarde.

–Cualquiera pensaría que una cosa que una persona aprendería mientras está en la cárcel es a llegar a tiempo –musitó Gerard. Su esposa, lady Susan, que jamás perdía la oportunidad de presumir del hecho que tenía un título y que le había proporcionado a Gerard un heredero y dos hijos más con los que asegurar su posición en la familia, chascó la lengua.

Lexi permaneció donde estaba, en el sofá. Se sentía diferente de lo que se sentía normalmente cuando estaba con los Worth. Era como si el hecho de que Atlas fuera diferente hubiera cambiado también su vida. O como si lo que le había dicho aquel día hiciera imposible que volviera a ver las cosas del mismo modo. Como si le hubiera quitado el velo que le cubría los ojos. Tal vez por eso, estaba estudiando a su familia, a las personas con las que llevaba años tratando de sentirse incluida.

En esos veinte años, la única que le había tratado como tal había sido Philippa, pero de eso ya hacía mucho tiempo y casi parecía que Lexi se lo había inventado o lo hubiera soñado. Solo Philippa y, ocasionalmente antes de que ocurriera el trágico suceso, Atlas.

Lexi no quería pensar en lo que Atlas le había dicho en su despacho ni en lo que, si era cierto, significaba sobre lo que había creído de su vida durante muchos años. No quería pensar en las implicaciones, pero no podía evitarlo.

Se concentró en su tío. Richard parecía exactamente lo que era, un hombre muy rico cuyo linaje se remontaba siglos atrás, cuando los primeros mercaderes Worth habían destacado entre los demás y se habían atrevido a reclamar un lugar en la sociedad británica. Era un hombre orgulloso, con un espeso cabello blanco y más de un metro ochenta de estatura. Salía a correr todos los días y daba un paseo después de cenar para digerir la cena. Era un hombre cauteloso y calculador.

Si el regreso de Atlas lo había desconcertado, no lo demostraba en absoluto. Estaba junto a la chimenea, elegantemente ataviado, con una copa que casi no había probado. La irritación que le producía la adicción a la bebida de Harry resultaba tan solo evidente por el gesto de desdén de sus labios. El hecho de que no pareciera tener en mucha estima a lady Susan resultaba igualmente evidente por el modo en el que no la miraba directamente, por muchos aspavientos que ella hiciera.

Lexi siempre había creído que Gerard era su favorito, pero aquella noche se preguntó si sería cierto o si Gerard era el único que no le inspiraba tanto rechazo. Ella trató de recordar cómo se comportaba con Philippa, pero hacía ya demasiado tiempo.

En cuanto a ella, antes de aquella noche, Lexi nunca había considerado que el hecho de que la total falta de expresión de su tío cuando la miraba fuera una especie de bendición. Al menos, era neutral. Se preguntó si ello significaba que la tenía en más estima que a Harry o lady Susan. Tal vez podía ser también porque Richard Worth no se permitía tener reacciones por alguien que no formara parte de su núcleo familiar.

Maldito fuera Atlas...

Lexi fue la primera en escuchar pasos en el vestíbulo. Se sentó un poco más recta y miró hacia la puerta, pero nadie más pareció escuchar nada. Los pasos se iban acercando, anunciando la llegada de Atlas como si fueran tambores de guerra. No fue hasta que estuvo al otro lado de la puerta que los Worth se tensaron, por lo que Lexi no supo si era que habían estado fingiendo no oír nada o que verdaderamente no lo habían escuchado llegar. Fuera como fuera, el salón quedó en silencio.

Cuando Atlas abrió la puerta, estaba sonriendo.

–Encantador –murmuró. Se había detenido en el umbral de la puerta, como si quisiera asegurarse de que todo el mundo era consciente de su llegada–. Todos juntos de nuevo, tal y como yo había pedido.

–Bienvenido a casa, Atlas –le dijo Richard. Después de una pequeña pausa, levantó su copa.

La sonrisa de Atlas pareció hacerse más oscura. Entró en el salón y examinó la elegancia victoriana con la que estaba decorado. Lexi notó que contenía el aliento mientras el pulso se le aceleraba. Se odió por su propia reacción. Era la misma que siempre tenía frente a Atlas, solo que aquella noche era aún peor.

–Y menuda casa es –comentó él–. Imaginad mi alegría cuando descubro que todas las mejoras que sugerí durante mi etapa como director gerente se han implementado. Todas y cada una de ellas. Hoy he dado un largo paseo por la casa y los jardines y mi corazón de presidiario se ha alegrado. De verdad. Yo era un visionario. Sentíos libres de aplaudirme.

–Escucha, tú... –empezó Harry, arrastrando las palabras. Se detuvo en seco tras una mirada de su padre.

–No hay necesidad alguna de un tono tan amenazador –dijo Richard para aliviar el tenso silencio–. Todos somos conscientes del papel que jugaste en... bueno, en todo.

–A ver si me aclaro, ¿te refieres al papel de malvado villano que me adjudicaste y que me llevó a la cárcel o a la realidad de lo que hice aquí, que no tenía intenciones asesinas, pero que consiguió transformar un mausoleo medio derruido en... esto?

Lexi vio que su tío apretaba la mandíbula. Igual que ella. Trató de relajarse un poco.

–Nadie puede cambiar el pasado –dijo Richard con un tono de voz sombrío y serio–. Me temo que ya solo podemos mirar al futuro.

Atlas aceptó una copa del sorprendido mayordomo, pero Lexi notó que no la tocó. Se limitó a tenerla en la mano, haciendo girar el whisky en el vaso, como si estuviera disfrutando de una relajante velada rodeado de seres queridos.

–Por el futuro –dijo de repente, levantando la copa hacia la luz.

Fue el brindis más incómodo de la historia. La sala estaba en silencio y llena de tensión. Tanta, que Lexi se temió que nadie secundara el brindis.

No fue así. Poco a poco, todos fueron levantando sus copas. Incluso Harry, que aún tenía el mismo gesto contrariado que cuando se enfrentó a Atlas. Incluso Lexi.

Atlas no dijo nada más. Permaneció donde estaba, prácticamente en la puerta, como si la estuviera bloqueando mientras examinaba lentamente a todos los presentes, como si estuviera tomando notas mentalmente.

–En realidad, me siento como un animal en el zoo –dijo lady Susan unos instantes después de que comenzara el escrutinio. Quedó en silencio tras una mirada de Gerard.

Atlas la miró con un poco más de intensidad, seguramente para que lady Susan se sintiera aún más incómoda. Lexi dio gracias a Dios porque no la estuviera mirando a ella de ese modo. Aunque, ¿qué importaba? Se recordó que aquella tarde se había enfrentado a Atlas ella sola y había sobrevivido perfectamente.

Cuando por fin llegó la hora de ir a cenar, resultó un alivio.

Atlas abrió la comitiva con paso firme y seguro, como si aquella fuera su casa y el resto sus invitados. Gerard y lady Susan le siguieron, con Harry detrás. El tío Richard se esperó un poco y agarró a Lexi del brazo. No había razón alguna para que el pulso de Lexi se acelerara de tal manera. Su tío jamás se había mostrado desagradable con ella, a pesar de que tal vez nunca había sido muy afectuoso.

Era el veneno de Atlas que se le había metido en la cabeza. Trató de desprenderse de él.

–Tengo entendido que recibiste una visita esta tarde –le dijo su tío mientras se dirigían al comedor familiar, que se consideraba más cómodo e íntimo que el formal que había en la primera planta, a pesar de que podía sentar a veinte personas con facilidad.

–Sí. Como te puedes imaginar, tenía algunas cosas que decirme sobre mi testimonio. Me imagino que las ha estado guardando todos estos años.

–Si se excede contigo de algún modo, debes decírmelo –le indicó su tío, aunque no exactamente con afecto. Lexi se recordó que ese no era su estilo–. No se lo voy a tolerar.

Lexi sonrió a pesar de la lucha que se estaba librando en su interior. No sabía lo que su tío creía que podría hacerle a Atlas. Atlas mandaba en aquellos momentos, tal y como lo había hecho en su visita a la cochera.

Lo peor de todo era que sabía que, tan solo hacía unas horas, habría creído que su tío le habría hablado así por preocupación hacia ella y le habría hecho sentirse bien. Lo habría tomado como una señal de que, después de todo, su tío la consideraba parte de la familia.

En aquellos momentos, tan solo se sentía manipulada.

Se preguntó cómo sabía que Atlas había ido a verla. ¿Se lo habría dicho la secretaria o acaso estaba haciendo que siguieran a Atlas? ¿O tal vez la estaba controlando a ella? Odió el hecho de no poder entrar en el comedor del brazo de alguien que era lo más cercano que había tenido a un padre y ser feliz por ello.

–¿Sabías que era inocente?

Lo preguntó casi sin pensar y se horrorizó inmediatamente por haberse atrevido. Sin embargo, su tío no reaccionó. Se limitó a observarla con expresión neutral.

–¡Qué pregunta tan extraordinaria! ¿Te lo dijo él?

–No.

–Entonces, ¿te lo has preguntado tú sola, después de todo este tiempo?

–Nadie habló nunca al respecto –contestó Lexi en

voz baja–. Ni siquiera lo hablamos la noche en la que terminó el juicio.

–No parecía haber necesidad –repuso el tío Richard mirándola de un modo que a ella no le gustó–. No pareces estar bien, Lexi. Tal vez todo esto sea demasiado para ti. ¿Quieres que te llame un coche?

Ella no sabía qué era peor. El hecho de que había notado que su tío, deliberadamente, estaba intentando que se marchara de la cena o el hecho de que así fuera solo podía significar que Atlas tenía razón en todo lo que le había contado. O que fuera la primera vez que recordaba que su tío le había ofrecido volver a su casa en coche. Antes, eso podría haberle hecho sentir bien. Aquella noche, tan solo había logrado intranquilizarla aún más.

Le sonrió mientras su tío la acompañaba a su asiento.

–Muchas gracias por preocuparte por mí –le dijo tratando de que su tío no le notara que no le creía–. Creo que todos estamos algo molestos esta noche.

El tío Richard se limitó a asentir y le retiró la silla para que se sentara, un gesto de cortesía que la dejó asombrada. Se sentó antes de que pudiera pensar y lamentarse por ello. Entonces, se dio cuenta de que su tío la había colocado directamente enfrente de Atlas. Ella habría protestado, pero no podía hacerlo sin quedar en evidencia.

«Sí, claro que lo habrías hecho. Tú y tus agallas».

Era cierto que no era la persona más decidida. Esa había sido Philippa y la esperanza que Lexi había tenido de ser como ella había muerto con su prima. Sin embargo, no quería que nadie se percatara de lo mucho que Atlas la afectaba. Decidió que lo mejor sería ignorarle y dedicarse a disfrutar de la cena que seguramente estaría exquisita. La cena era una de las cosas que echaba de menos de la casa desde que no vivía en ella.

Desgraciadamente, perdió el apetito por el hombre que estaba sentado frente a ella y que no hacía esfuerzo alguno por ocultar la insolente expresión de su rostro mientras miraba a su alrededor para observar a los que había allí reunidos para bailar al son que él tocara.

–¡Qué cálida bienvenida! –exclamó él muy exageradamente–. Creo que todos estaremos de acuerdo que ha sido un glorioso recibimiento.

Lexi miró a su alrededor y vio que todo el mundo se sentía tan torturado como ella. Sin embargo, por el momento, todo transcurría con escrupulosa cortesía.

Los empleados comenzaron a servir los entrantes mientras el tío Richard y Gerard hablaban sobre la finca, las noticias, el tiempo. De vez en cuando, lady Susan realizaba algún comentario, pero Harry no dijo ni una sola palabra. Por su parte, Lexi no hacía más que remover la comida en el plato. Si siquiera podría haber dicho de qué se trataba. Todo le sabía a ceniza

Atlas no estaba haciendo esfuerzo alguno por participar en la conversación. De hecho, ni siquiera fingía comer. Se limitaba a estar sentado, con las piernas estiradas y tamborileando los dedos de una mano sobre la mesa. Y no dejaba de mirarla directamente a ella con una sardónica sonrisa en los labios.

Ella se esforzó por mentirse, por asegurarse de que era imposible que Atlas hubiera dicho en serio todo lo que le dijo en su despacho porque era totalmente ridículo.

Su tío era tranquilo y reservado, nada más. No era un canalla manipulador sacado de una novela de Dickens. Atlas estaba enfadado, nada más.

A pesar de que Lexi supiera eso y más, se sentía terrible por haber formado parte de su tragedia, pero no pensaba participar de sus pequeños juegos de poder. Se sentó más erguida en la silla y cruzó los tobillos. Adoptó una pose serena y se obligó a formar parte de la conversación. Lo que fuera con tan de demostrar que no le afectaba lo más mínimo.

Atlas no volvió a hablar hasta que se sirvió el plato principal.

–No hay necesidad de andarse por las ramas –dijo de repente, interrumpiendo la conversación que Richard y Gerard estaban teniendo sobre el fútbol–. ¿Acaso no deseáis saber qué es lo que quiero?

–Supongo que una compensación –respondió Gerard inmediatamente, que tenía el mismo cabello que su padre, aunque rubio–. Comprensible, por supuesto.

–Una compensación –repitió Atlas sin dejar de tamborilear en la mesa con los dedos–. ¡Qué palabra más fascinante! ¿Qué imaginas que podría compensarme a mí por una década de mi vida perdida? ¿Por una reputación destruida? ¿Por pasarme un año tras otro en una celda extranjera?

–Me imagino que ya has pensando en un número –comentó el tío Richard muy fríamente–. Así que no es necesario el suspense.

–Ah, Richard –murmuró Atlas, como si aquel comentario le hiciera gracia–. En especial en donde hay hombres con ambición.

Lexi dejó el tenedor. Estaba sintiendo náuseas.

–Si quisiera dinero –añadió suavemente–, simplemente presentaría una demanda. Pero no tengo planes para hacerlo por el momento. Por supuesto, eso podría cambiar.

–Un tribunal te encontró culpable, Atlas –le espetó Harry, que parecía más borracho y más furioso que antes–. ¿Acaso piensas demandarles a ellos también o solo somos nosotros los que tenemos que pagar?

Lexi contuvo el aliento.

Atlas, por el contrario, simplemente se echó a reír.

Capítulo 4

LA CARCAJADA de Atlas, oscura y cruel, resonó en el comedor.

A Lexi le resultaba casi imposible respirar. Tenía los ojos abiertos de par en par y estaba a punto de echarse a temblar.

–Estoy seguro de que el veredicto de culpabilidad fue una coincidencia –comentó Atlas–. O un error de la justicia que todos parecisteis aplaudir como si fuera real. Sin embargo, nada me puede causar más placer que ver cómo se me da de nuevo la bienvenida con tanto amor y un afecto tan genuino al corazón de esta, mi segunda familia.

–¿Familia? –repitió Harry. En aquella ocasión, estaba tan borracho que las miradas de advertencia de su padre y de su hermano no pudieron detenerlo–. Tú solo eras un empleado, tío. Como mucho, un encargado con pretensiones. Deberías mirártelo...

–Esto debe de ser algo incómodo para ti –murmuró Atlas, con un cierto tono de disculpa cuando la mirada que tenía en los ojos transmitía perfectamente que no había nada de lo que se lamentara–. Tu padre me animó a considerarme uno de sus hijos desde el día en el que llegué. Aunque, probablemente, le resulté más de utilidad a él y a esta finca que sus verdaderos hijos –añadió con una sonrisa.

–Comprendo que tengas necesidad de hacer sangre,

pero eso ya no es muy productivo, ¿no te parece? –le preguntó Richard.

Atlas pareció estirarse un poco más en su butaca. Lexi comprendió que estaba disfrutando mucho.

–No me imagino por qué podría interesarme ahora la productividad.

–En ese caso, ¿qué es lo que quieres? –le preguntó Gerard.

–Creímos lo que se nos contó, Atlas –le dijo Richard fríamente–. Lo que nos contó la policía y el fiscal. Espero que no se te haya olvidado que nosotros hemos perdido a Philippa, a pesar de lo mucho que tú hayas sufrido.

–Nunca lo olvido –afirmó él–. Me pasé diez años en una cárcel de los Estados Unidos preguntándome qué estaría haciendo el verdadero asesino mientras yo estaba allí sentado, cargando con las culpas.

–Solo tienes que decirnos lo que quieres –insistió Gerard, más furioso aún que antes.

–Bueno, en lo que se refiere a las disculpas, esta tiene muchas carencias –observó Atlas.

–Te dejé claro que estaba dispuesto a reunirme contigo cuando desearas –dijo Richard–. Pensé que una cena facilitaría un poco este encuentro a todos los presentes

–Pensaste que, así, la reunión sería privada. Dudo mucho que te preocupara demasiado que resultara más fácil, en especial para mí.

–En ese caso, acepto mi responsabilidad por no haberlo pensado bien –suspiró Richard–. Es culpa mía. No me había dado cuenta de que aún sentías tanta amargura.

–Creo que, si te informas, la mayoría de la gente a la que se ha encarcelado injustamente están bastante amargados –replicó Atlas. En aquella ocasión, prácticamente sonaba contento–. Si nos reunimos en el despacho de mis abogados o nos sonreímos con falsedad aquí sentados no supone para mí ninguna diferencia. Yo no soy el que, esta noche, está con los sentimientos a flor de piel. O borracho. Todo esto está yendo exactamente del modo que pensé que iría –añadió levantando su copa con gesto burlón–. Os doy la enhorabuena a todos por seguir siendo tan previsibles.

–No voy a permanecer aquí sentado permitiéndote que me amenaces a mí o a cualquier otro de los aquí presentes –rugió Harry. De repente, parecía más sobrio–. El hecho es que ya entonces se te habían subido mucho los humos a la cabeza. Tal vez sea cierto que no asesinaste a Philippa. O que fuiste lo suficientemente inteligente como para no dejar huellas.

–Pero no para impedir que yo fuera a prisión.

–Ahora ya no estás en la cárcel –le espetó Harry–. A mí me parece que te saliste con la tuya. Deberías estar agradecido. Y me importa un comino lo que dijera ese panel de expertos.

–Claro, es que los hechos científicos son muy aburridos –murmuró Atlas, como si estuviera de acuerdo con Harry, aunque en realidad era todo lo contrario–. Lo comprendo.

–Puedes dar todas las entrevistas que quieras –siguió Harry–. Hasta que te canses. Pero yo no voy a fingir que no sé exactamente lo que ocurrió.

–Que nunca se diga que la más terca ignorancia no puede derrotar a los hechos más irrefutables –se mofó Atlas–. Sin embargo, no necesito ni caerte bien ni que creas en mí, Harry. De hecho, espero que no sea así. Ninguno de vosotros en realidad. Para mí, será mucho más satisfactorio que ninguno de vosotros volváis a ser felices. Nunca.

–Porque quieres que suframos –dijo Lexi. Cuando todos se volvieron a mirarla asombrados, como si se hubieran olvidado de que ella estaba allí, no se arredró ni corrió a esconderse debajo de la mesa. Siguió hablando–. Por eso has regresado. Esa es la única razón de que hayas vuelto.

Atlas sonrió.

–Estoy segura de que no se trata de eso –comentó lady Susan.

–No, esa es exactamente mi intención –afirmó Atlas–. Tal vez esta noche estoy siendo innecesariamente dramático. No me importa si, algún día, podéis alcanzar la felicidad, pero preferiría que eso no ocurriera al menos en los próximos diez años. Para igualar las cosas.

–Eso es absurdo –dijo lady Susan, casi presa de un ataque de histeria.

–En realidad, no me refería a ti, Susan –le aseguró Atlas, con un tono cálido en su voz que hizo que Lexi se estremeciera, aunque la interpelada no pareció darse cuenta–. No creo que seas capaz de ser feliz. Si fuera así, no serías tan cansina.

Desde que conocía a Susan, Lexi nunca la había visto quedarse sin palabras. Sin embargo, siempre había una primera vez para todo y aquella noche ciertamente parecía ser la primera. Se quedó boquiabierta, pero no fue capaz de decir absolutamente nada.

–Así que se trata de venganza –dijo Richard después de un instante–. Por eso has vuelto aquí corriendo, en cuanto te han soltado. Venganza.

–¿Acaso quieres que, con esas palabras, me sienta un hombre inferior o despreciable? ¿Acaso quieres que me avergüence para que olvide lo que me hiciste? Pronto te darás cuenta de que no siento ningún tipo de vergüenza.

–Escucha, todos estamos encantados por colaborar y ayudarte a ajustar tu vida después de algo tan desagradable –comentó Gerard–, pero no puedes esperar que aceptemos la responsabilidad del veredicto del jurado. Además, nosotros fuimos los que perdimos a un miembro de nuestra familia.

–Al contrario, espero que aceptéis toda la responsabilidad –replicó Atlas con una ferocidad reposada, pero muy amenazante–. Pero eso no es todo. También espero que aceptéis mis exigencias. Todas y cada una de ellas. Y dejadme que os advierta que no os van a gustar.

–Pues tú dirás –dijo Richard cuadrándose de hombros e ignorando las miradas de asombro que recibía de sus hijos–. Dinos cuáles son tus exigencias.

Atlas sonrió de nuevo.

–Será más productivo considerar todo esto un proyecto de restauración, y no una venganza como tal. Puede que así os sintáis mejor, aunque, por supuesto, eso es lo importante. Es lo que me guía.

–Está disfrutando con esto –rugió Harry mientras se levantaba y arrojaba la servilleta sobre el plato, aunque no pareció importarle que esta terminara cayendo al suelo–. Está disfrutando de cada segundo.

–¿Acaso no lo disfrutarías tú? –le preguntó Lexi con un tono de exasperación que nunca había imaginado que poseía.

Todos se volvieron a mirarla e, inmediatamente, ella deseó que se la tragara la tierra. Ni siquiera sabía de donde había salido aquello. Llevaba veinte años soportando las protestas y la ira de Harry, desde el día en el que su padre la llevó a casa y, sentada ante aquella misma mesa, tuvo que escuchar cómo Harry se quejaba de que su padre se dedicara a recoger vagabundas.

No se había dado cuenta de que no había podido olvidar nunca aquel momento.

–¿Qué es lo que acabas de decir? –le preguntó Harry en tono beligerante.

–Que por supuesto que está disfrutando con esto. Si

yo hubiera tenido que pasarme diez años en una cárcel, estoy segura de que habría elaborado planes de venganza y disfrutaría viendo cómo se desarrollan. Esto no es nada más que una cena incómoda para ti, Harry. No es una celda en la que hayas tenido que estar una década a pesar de ser completamente inocente de los delitos de los que se te acusaba.

Lo peor no fue la manera en la que su tío la miró, de un modo que le revolvió el estómago. Tampoco lo fue el asombro de lady Susan, ni el desprecio de sus primos. Lo peor fue la patada que sintió en el corazón cuando cruzó la mirada con la de Atlas y se quedó sin respiración. Le recordó exactamente lo necia que había sido siempre en lo que se refería a aquel hombre. La transportó a la parte más humillante de sus años de adolescente, cuando lo seguía por todas partes como un cachorrillo enamorado, para tratar de pasar el mayor tiempo posible a su lado. Le hizo pensar que, aunque habían cambiado muchas cosas en su vida, algunas permanecían exactamente iguales.

Principalmente, le hizo preguntarse por qué había hecho algo tan estúpido como defenderle cuando nadie iba a hacerle caso. Lo único que había conseguido era atraer innecesaria atención sobre sí misma.

–En ese caso, me imagino que esta es la razón por la que Atlas te fue a visitar esta tarde –dijo el tío Richard suavemente. Aunque el tono de su voz era amable, la mirada de sus ojos era gélida. Lexi estuvo a punto de echarse a temblar–. Quería una aliada.

Lexi dejó escapar una carcajada, Aparentemente, había perdido por completo el control sobre sí misma.

–Eso no es lo que quería.

–Soy perfectamente capaz de decir lo que quiero y detalladamente –los interrumpió Atlas–. De hecho, me muero de ganas por hacerlo. Empecemos con esto.

Dado que una disculpa parece ya imposible, pasemos a preocupaciones mucho más prácticas, ¿os parece?

–Nadie va a disculparse por algo que no fue culpa suya –dijo Richard, aunque seguía mirando a Lexi.

–Veo que tú y yo tenemos definiciones muy diferentes de lo que significa la palabra culpa –comentó Atlas encogiéndose de hombros–. Bueno, esta noche no importa. Quiero recuperar mi puesto. Mi puesto y todo lo que este conllevaba, todo lo que me esforcé tanto por construir.

–¿Por qué demonios querrías volver a trabajar para nosotros? –le preguntó Gerard secamente.

–Esa es otra cosa –dijo Atlas–. En realidad, no quiero trabajar para vosotros. No me interesa volver a ser el empleado. Tenéis la mala costumbre de arrojar a vuestros empleados a los leones. Creo que voy a pasar de eso, gracias.

–Pero acabas de decir... –comentó Harry.

–Seré director gerente del Worth Trust una vez más. Creedme. Tanto si hacéis lo correcto y me lo facilitáis o me obligáis a recuperar por la fuerza lo que es mío a través de los tribunales me es indiferente. Saldré ganando sea como sea.

Lexi sabía adónde iba a ir a parar aquella conversación y eso le hizo echarse a temblar. Resultaba evidente que tenía todo completamente pensado y que aquello solo era la punta del iceberg. No solo asumiría de nuevo el control de todo, sino que su objetivo sería destruirlos a todos. Uno a uno, hasta que se sintiera lo suficientemente vengado por lo que le habían hecho. Y ella misma sería la primera en saltar a la pira.

–Sin embargo, en realidad, no volveré a trabajar para la familia Worth –prosiguió él–. Por muy encantadora que fuera la experiencia, esta vez tengo la intención de formar parte de la familia, ya no solo de palabra, sino de hecho y de obra...

–¿De qué diablos estás hablando? –le preguntó Harry, que parecía estar al borde de un ataque de ira.

Gerard lo miraba atónito. Susan perpleja y asqueada, pero Lexi notó que su tío no parecía sorprendido en lo más mínimo.

Estaba observando a Lexi y no a Atlas, como si supiera exactamente el camino que iba a tomar aquella conversación. Ella comprendió con perfecta claridad que si su tío sabía adónde iba a ir Atlas a parar con todo aquello, eso solo podía significar que todo lo que Atlas le había contado sobre Richard era verdad. Sobre su tío y sobre su familia.

Y sobre quién era Lexi en realidad. Sintió que se le hacía un nudo en el estómago y que el alma se le caía a los pies. Ella no había querido creerle. La charla sobre fortunas y mentiras, sobre todo lo que significaba, como el pequeño estudio en el que vivía y que se sentía afortunada de tener, a pesar de que el exiguo sueldo que recibía por su trabajo apenas cubría el alquiler. El modo en el que aquellas personas la habían tratado durante todos aquellos años, como si fuera una carga y solo una obra de beneficencia para ellos.

Ellos esperaban que se sintiera agradecida por las migajas que le habían dado. Por supuesto que no había podido creer aquello antes. ¿Quién querría creer que toda su vida era una falsedad que le habían contado las personas que deberían haber cuidado de ella? Tal y como su tío la estaba mirando, no podía ya seguir mintiéndose. Ya no.

–Dadme la enhorabuena –les dijo Atlas a todos con una sonrisa llena de profunda satisfacción y triunfo–. Me voy a casar con vuestra prima.

–¿Con nuestra prima? –preguntó Harry, como si se hubiera olvidado de que tenía una prima.

–¿Con Lexi? –preguntó Gerard, atónito.

–¿Y por qué diablos ibas a hacer algo así? ¿Acaso necesitas una secretaria?

–¿Y cómo puede eso ser una venganza? –preguntó Susan.

–Muchas gracias a todos –dijo Lexi. Después de veinte años de guardar silencio, de amoldarse a todo, de agradecer, parecía que ya no podía mantener la boca cerrada–. Os agradezco mucho el apoyo. Y, por si no te has dado cuenta, Harry, no soy una secretaria. Estoy a cargo de la programación de la finca y....

–A ver si comprendo lo que está pasando aquí –dijo el tío Richard por fin–. ¿Has aceptado su proposición? ¿Es eso lo que ocurrió esta tarde en la cochera? ¿Este... compromiso?

Algo saltó dentro de ella. ¿Compromiso? Era casi como si... Decidió que era mejor dejar a un lado aquel peligroso pensamiento, porque nada en su situación implicaba corazones o flores. Solo un necio podría pensar lo contrario. A ella no le engañaba la aparente amabilidad con la que su tío acababa de hacerle la pregunta.

Lexi sonrió secamente.

–Decir que se trata de un compromiso implica que yo he tenido opinión en el asunto.

–Por supuesto que tienes opinión, Lexi –intervino Atlas, casi afectuosamente, algo que ella encontró imperdonable–. Es que no te gustará la otra opción. Eso te lo prometo.

–Maravilloso –replicó Lexi mientras miraba a su tío–. Ahí lo tienes. ¿Has oído alguna vez algo tan romántico?

–No lo comprendo –dijo Harry–. ¿Por qué te quieres casar con Lexi? Ni siquiera es...

Se detuvo antes de seguir hablando, pero ya no había necesidad. Resultaba evidente lo que había querido decir. Lexi sintió que el nudo que se le había formado en el interior se enredaba aún más mientras miraba a Atlas.

Atlas, que había predicho todo aquello. Que lo había sabido.

Atlas, que parecía estar muy entretenido.

Atlas, que solo gozaría con ello si tuviera la más ligera idea de que lo que Lexi sentía hacia él era muy complicado.

–Me casaré con Lexi –anunció de nuevo Atlas, con más fuerza en aquella ocasión, como si estuviera desafiando a los presentes a contradecirle–. Será una experiencia gozosa y espléndida. Todos os apresuraréis en decirle a los periodistas lo mucho que apoyáis esta unión. Diréis que es un final dulce y glorioso para una historia triste y trágica y que es un placer darme la bienvenida a la familia como el hijo y el hermano que siempre creísteis que era.

–Yo no pienso decir nada de eso –afirmó Harry entre carcajadas mientras volvía a tomar asiento–. Evidentemente, la cárcel te ha hecho perder el juicio.

–Hace diez años que ya no soy tutor de Lexi –dijo Richard en un tono de voz que ella no pudo interpretar pero que, a pesar de todo, la hizo tensarse–. No soy yo quien debe decirle con quién tiene que casarse o si debería hacerlo.

–Este asunto no es objeto de debate o de discusión –replicó Atlas–. Apoyarás este matrimonio, Richard y, al hacerlo, apartarás por fin tus avariciosos dedos de la fortuna de Lexi.

–¿Fortuna? –preguntó lady Susan escandalizada–. ¿Qué fortuna? ¿Acaso está confundiendo a Lexi con Philippa?

–Lexi no tiene ninguna fortuna –intervino Harry–. Lexi vive de la caridad de esta familia, nada más.

–Si por caridad te refieres a un trabajo que llevo

realizando desde que tenía dieciocho años, solo tengo que decirte que es mucho más que otras personas sentadas a esta mesa.

Gerard volvió al tema anterior.

–¿De qué diablos está hablando este hombre? –le preguntó a su padre.

Richard guardó silencio.

–Vaya, ¿es que no os lo ha dicho? –preguntó Atlas con fingida inocencia–. Vuestro abuelo les dejó esta propiedad y todos sus ingresos a sus dos hijos en partes iguales. Me estoy refiriendo a vuestro padre y a la madre de Lexi –añadió, mirando a Gerard y a Harry como si fueran tontos–. Cuando Yvonne murió, su mitad de la herencia, que está intacta desde que vuestro padre dejó de darle dinero, debió pasar legalmente a manos de Lexi.

–Yvonne fue desheredada cuando se casó –le espetó Gerard–. Todo el mundo lo sabe.

–¿De verdad? –le preguntó Atlas–. ¿Estás seguro?

Gerard miró inmediatamente a su padre, que seguía sumido en un absoluto silencio.

Lexi sintió que se le hacía un nudo en la garganta y que le costaba respirar. Todo lo que se le había contado sobre aquella familia era una mentira. Una profunda y deliberada mentira que su tío le había estado contando desde que tenía ocho años. Se temía que si miraba a Richard haría algo... Llorar. Gritar. Peor aún, suplicarle que le dijera por qué la había tratado así.

–Dejad que haga yo las cuentas, por si acaso os resulta difícil –dijo Atlas con ironía–. Entonces, señaló a su alrededor, indicando mucho más que lo que estaba a la vista. Toda la mansión. La finca. Las casas–. La mitad de todo esto le pertenece a Lexi. El resto es vuestro. Es decir, os tendréis que repartir entre los dos la mitad que le corresponde a Richard. Siempre que él quiera compartirlo con vosotros, claro está.

–Esto no puede ser cierto –dijo Harry, que no sabía si reír o llorar–. Padre, dile que esto es una locura.

Atlas miró a Richard y observó cómo este guardaba silencio.

–Cuando me case con Lexi, algo que ocurrirá con cierta celeridad para evitar más sucesos desgraciados como otra acusación por asesinato, no solo me haré con el control de Worth Trust, sino que ayudaré constantemente a mi esposa para que se familiarice con todo lo que es suyo, no como una simple empleada trabajando en un minúsculo despacho, sino como una heredera completamente comprometida en el control de sus tierras y su dinero. Por fin.

El corazón de Lexi comenzó a latir con fuerza al notar el profundo silencio de su tío. No se apresuró a contradecir a Atlas. De hecho, no pronunció ni una sola palabra en su contra. Se limitó a seguir sentado en la cabecera de la mesa, con aspecto más frío a cada instante que pasaba.

–¿De verdad piensas casarte con él? –le preguntó Richard por fin.

No se disculpó por los últimos veinte años. No explicó por qué había dejado que Lexi creyera que no tenía nada y, además, que era una carga para toda la familia. No justificó su decisión de hacerla vivir en un pequeño estudio y a comportarse como una persona corriente cuando tenía derecho a hacerlo en la casa como sus primos.

¿Y si Atlas no hubiera regresado? ¿Y si él nunca le hubiera dicho la verdad? ¿Lo habría hecho alguien de los que estaban sentados a aquella mesa?

Sabía perfectamente la respuesta y eso le dio vértigo.

No tenía duda alguna de que Atlas lo había planeado todo hasta el más pequeño detalle, incluyendo lo traicionada que ella se sentiría aquella noche. Una parte de ella le pidió cautela.

«No sirve de nada saltar del fuego conocido al que no se conoce», se dijo.

En ese momento, recordó lo que había sentido al ser una pequeña huérfana de ocho años, lo agradecida que había estado de que su tío hubiera ido a buscarla. Lo maravillada que se había quedado al ver Worth Manor. Cómo, sistemáticamente, su tío le había ido rompiendo poco a poco el corazón a lo largo de los últimos veinte años, excluyéndola, haciendo que ella se sintiera incómoda, recordándola un día que era poco más que una empleada y ordenándola al siguiente que se escondiera para que nadie la viera.

«Que venga ese fuego», se dijo.

–Por supuesto que me casaré con Atlas –anunció, con más arrojo que certeza–. No puedo esperar.

Capítulo 5

TODO iba según el plan. Atlas se había pasado años refinando los detalles de lo que pensaba hacerle a la familia Worth. Los días se convertían en semanas y luego estas en meses. Año tras año, había ido calibrando escenarios para construir cuidadosamente lo que creía que podría ser lo más beneficioso para él y, al mismo tiempo, más dañino para ellos. El resultado había sido, si cabe, mucho mejor aún de lo esperado.

Habría utilizado a Lexi en cualquier caso. Desde el momento que sus investigadores privados descubrieron la verdad sobre ella y lo que Richard había estado haciendo con la fortuna de su madre, Atlas había decidido que ella era la clave para conseguir todo lo que deseaba. El hecho de que al regresar a Inglaterra hubiera descubierto que ella resultara más tentadora de lo que había anticipado era tan solo la guinda del pastel.

Sin embargo, no era así si ella se disponía a jugar con su propio tablero.

Lo que no había esperado era que resultara tan fácil. Casi demasiado, hasta el punto de que había empezado a preocuparle que tan repentina y total aquiescencia fuera tan solo una fachada. Que le estuviera haciendo creer que aceptaría porque resultaba más fácil cuando en realidad no tenía intención alguna de plegarse a sus exigencias.

Eso no serviría. En absoluto.

–Deberías haberte resistido un poco, Lexi, aunque solo hubiera sido por disimular –dijo Atlas unos días después de su regreso.

–No sabía que se permitía la resistencia en este juego –replicó Lexi mientras lo observaba con un desafío que él encontraba muy atractivo y preocupante al mismo tiempo.

Una parte de él seguía preguntándose si los dos seguían jugando a lo mismo o se trataba de dos juegos completamente diferentes. No le gustaba la sensación.

Le había enviado un coche para recogerla de la cochera y llevarla al taller de una de sus firmas favoritas de alta costura en Mayfair. Tanto si a ella le gustaba como si no.

De eso se trataba precisamente. No era capaz de saber si le gustaba o si no le gustaba. Aún no era capaz de leerla, a pesar de que él siempre se había enorgullecido de saber leer a todo el mundo.

Era una mujer peculiar. Estaba en lo que, para otra mujer, habría sido un paraíso y parecía... ausente. Parecía incluso desconocer que estaba en medio de tanto esplendor. Había vestidos por todas partes, realizados en las telas más suntuosas. Las mujeres que él había conocido antes de ir a la cárcel se habrían sentido extasiadas allí, recorriendo el taller de un lado a otro y tocando todo lo que podían.

Sin embargo, Lexi no era así. Para empezar, no llevaba hecha la manicura. Su cabello, a menos que él estuviera muy equivocado, no había sido cortado por un buen estilista nunca. Era como si ella quisiera ir desaliñada.

Atlas prefirió no decirle nada. Ella era muy hermosa, pero precisamente eso era lo más sorprendente de todo. Atlas no creía que ella lo supiera.

Aquel día, llevaba puesto otro de sus atuendos de

trabajo. Una chaqueta gris con falda a juego que conseguía con éxito esconder las formas de su cuerpo y la perfección de sus curvas. Atlas dio por sentado que aquella elección debía de ser deliberada por su parte. Estaba allí, en uno de los talleres más exclusivos, con los brazos cruzado sobre el pecho como si estuviera frente a un pelotón de fusilamiento. Además, llevaba el cabello tan estirado que seguramente le impedía mover adecuadamente los músculos del rostro.

–Puedes intentar resistirte, Lexi –murmuró él–, pero eso no significa que vayas a tener éxito.

–Esa es la verdad sobre mí –dijo ella dulcemente, aunque la dulzura era fingida e iba acompañada de afiladas garras–. No disfruto de la futilidad. No veo la razón de hacer algo que sé que tiene muchas posibilidades de fracasar.

–¿Y qué te hace pensar que vas a fracasar? –le preguntó él–. Eres una derrotista terrible.

–En realidad, yo prefiero hablar de realismo...

–A menos que ganes, por supuesto. ¿Es eso realismo o futilidad? Me he perdido.

–No sé lo que es en sentido filosófico –replicó ella–, Lo que sé es que es improbable. Al menos contigo.

–Esa clase de actitud es más bien una profecía –dijo–. Lo sé. Yo nunca dudé que escaparía de la mano de mi padre y así lo hice. Nunca dudé que me convertiría en un hombre de éxito más allá de lo que pudiera imaginar el canalla borracho que me crio y así lo hice, una y otra vez. No estaría aquí sentado hoy, siendo un hombre libre, si hubiera dudado de que iba a salir de aquella situación.

Ella lo miró con ira, aunque trató de ocultarla. Él había esperado que aquello fuera divertido, pero, una vez más, había subestimado a Lexi. Había pensado que la diversión vendría de lo que por fin estaba ocurriendo, de que los planes que tanto tiempo había pasado ideando en su miserable celda por fin se estuvieran haciendo realidad. Del hecho de verse por fin de nuevo rodeado de la gloria de antaño o de que pudiera estar en uno de los talleres de alta oscura más importantes como una especie de sultán sin preocuparse de que pudiera despertarse en cualquier momento y encontrarse de nuevo entre rejas.

Se había pasado mucho tiempo imaginando a la perfecta novia Worth para utilizarla en sus propósitos. Se había pasado al menos un año imaginándoselo. El corte del vestido. La sinuosa caída del velo y, lo más importante, que ella apareciera de su brazo en todas las fotografías como una princesa enamorada de un presidiario.

Sin embargo, Lexi tenía algo que le hacía sentirse menos interesado por los aderezos y mucho más interesado en ella. A Atlas le gustaba, a pesar de que se esforzaba mucho por evitar que así fuera.

No le podría haber sorprendido más. Los recuerdos que tenía de Lexi Haring caían en dos categorías muy distintas. Por un lado, estaba la pálida sombra de Philippa, que no paraba de disculparse y de temblar. Entonces, cuando él la sonreía, ella relucía. Era una muchacha que tenía todo lo necesario para convertirse en una hermosa mujer, pero sin confianza alguna. No le deseaba nada malo. De hecho, casi la recordaba con afecto

Por otro lado, estaba la muchacha que se sentó en el estrado para declarar una historia que él ya conocía y que sabía que sería su fin. Había sentido que el jurado se iba volviendo en su contra con cada palabra que Lexi pronunciaba. Decir que esa versión de Lexi le producía rechazo era comprensible. Sin embargo, ninguna de las dos categorías podría haberlo preparado para la realidad.

–Lo siento –dijo ella secamente tras haber contenido su ira–. Según me parece a mí este plan tuyo, es que mi fracaso está predestinado. ¿Acaso no es así?

–No, no es así. Tal vez sea simplemente un efecto secundario.

Lexi torció la boca.

–No me voy a dar cabezazos contra esa pared, muchas gracias.

–La belleza está en la lucha, mi niña –dijo Atlas en tono casi insultante–. ¿Cómo si no sabríamos que estamos vivos?

–No necesito luchar para saber que estoy viva, Atlas –repuso ella mirándolo fijamente a los ojos.

Atlas no podría haber dicho lo que vio en aquellos ojos. No era algo tan sencillo como un desafío. Hubiera comprendido una rebeldía, una lucha. Sin embargo, en vez de eso, había algo en el modo en el que ella lo miraba que desató en él una sensación desagradable, casi como si...

No. Atlas no sentía nunca vergüenza. Nunca.

–¿Por qué crees que estamos aquí?

Ella lo miró durante un instante, tal vez sin darse cuenta de que su lenguaje corporal transmitía una ansiedad que seguramente ella hubiera preferido ocultar. Atlas sabía que podría haberlo hecho más fácil para ella. Para empezar, podría haberse mostrado más simpático o podría haberse levantado de la silla en la que se había sentado como un perezoso rey para tratar de tranquilizarla.

Atlas no hacía ninguna de esas cosas.

Se limitaba a observarla, como si fuera un miembro de la nobleza pasada y ella fuera la mujer que había comprado para hacer su voluntad.

En realidad, eso era exactamente lo que ella era. Tanto si se había dado cuenta como si no.

Le intrigaba que una mujer así hubiera crecido para el control de Richard para convertirse en... eso. Una mujer que era capaz de girar cabezas en la calle si no se hubiera tomado tantas molestias por ocultar su belleza envolviéndola en feos vestidos y severos peinados.

–Me resulta mejor no preguntar cosas sin importancia cuando recibo órdenes de los hombres a los que les gusta controlar mi vida –replicó Lexi después de un instante.

Atlas sacudió la cabeza.

–Eso es lo más triste que he escuchado en toda mi vida.

–¿De qué sirve desperdiciar el tiempo de ese modo? –le preguntó Lexi–. Mi tío hizo lo que quiso todo el tiempo sin que nadie se enterara. Estoy segura de que tú harás lo mismo. Lo único que puedo hacer es esperar sobrevivir.

Atlas se imaginaba que ella estaba tratando de provocarle. Lo que le sorprendió fue que lo consiguiera.

–¿Acaso crees que tu tío y yo somos similares?

–¿Acaso crees que no? –le espetó ella mirando a su alrededor, como si el taller pudiera hablar por sí mismo–. La manipulación es la manipulación, Atlas. No importan las razones.

–Hay tantas diferencias entre el canalla de tu tío y yo que no sé ni por dónde empezar, pero probaré con una. Yo te dije exactamente lo que iba a hacer y por qué. Tu tío te sacó de tu hogar cuando tenías ocho años y te dijo que eras poco más o menos que una Cenicienta. Tampoco le oí explicarse la otra noche cuando por fin se reveló la verdad sobre ti. ¿En qué nos parecemos?

–Tienes razón –replicó Lexi–. Tú eres una persona mucho mejor. Estuviste una década planeando venganza y luego vienes aquí para llevarla a cabo rápidamente. Por supuesto que eso es mucho mejor que mentir.

–Tal vez tengas razón y sea lo mismo –musitó Atlas–. Tú siempre eres la víctima, Lexi. ¿Qué te parece eso?

–Genial. Me parece absolutamente genial.

Atlas no sonrió, aunque estuvo a punto.

–O, tal vez, la diferencia sea que tanto tú como yo sabemos la culpa que tienes en lo que te está ocurriendo ahora. Hace diez años no eras una niña de ocho que estaba sufriendo por la pérdida de sus padres. Tenías dieciocho. Una persona adulta, totalmente responsable de sus actos. Creo que en eso estaremos de acuerdo.

–No me quedó más remedio que testificar. Me habían citado para declarar.

–No recuerdo haberte citado para que te casaras conmigo. Tal vez, sí estamos disfrutando por fin con el espíritu de la sinceridad, eso era lo que habías deseado desde el principio, ¿no?

Atlas no creía que aquello fuera cierto o, al menos, no lo había pensado. Sin embargo, ocurrió una cosa muy extraña cuando lo dijo. Fue como si todo su ser se tensara por la anticipación. Como si no deseara casarse con ella solo porque ella representara su vínculo permanente con la familia Worth y, por lo tanto, la clave para su venganza, sino porque simplemente quería casarse con ella. Con Lexi.

Atlas no sabía qué hacer con aquella conclusión.

Mientras tanto, sus palabras produjeron un efecto eléctrico en Lexi. Se tensó como si Atlas la hubiera enchufado directamente a la pared.

Atlas vio cómo ella se sonrojaba y se sintió igualmente afectado. Sintió el calor salvaje e inconfundible que le recorría todo el cuerpo. La sangre se le caldeó. El sexo le dolía. Sabía que no era por tener una mujer cualquiera, sino precisamente a aquella mujer.

Por suerte, no pudo seguir pensando en el asunto porque la puerta se abrió y la aclamada diseñadora cuyo nombre estaba sobre la fachada con enormes letras doradas salió a saludarlos.

–¡La pareja feliz! –exclamó–. ¡Mil enhorabuenas!

Atlas decidió que dependía de él enfrentarse al hecho de que encontraba a aquella mujer mucho más intrigante de lo que había imaginado en un principio. Se sentó de nuevo mientras la diseñadora y sus ayudantes recorrían la tienda, buscando telas y diseños, tomando medidas. En sus recuerdos Lexi no era más que una sombra, un rostro húmedo. Aunque se había pasado horas y horas imaginándose en su celda lo que le haría, nunca había sido ella a la que se había imaginado. Al menos no así.

No tan madura, tan inteligente. Ciertamente, jamás se había imaginado que ella crecería para poseer una figura tan hermosa que solo empezó a apreciar plenamente cuando la diseñadora la animó a que se desnudara tras un biombo, por supuesto. Poco después, ella reapareció para ocupar el pequeño escaño que había en el centro de la sala, libre al fin de su horrible traje y ataviada con nada más que rollos de tela hacia un lado y hacia otro.

Sintió que la boca se le secaba.

Trató de decirse que era por efecto del celibato al que se había visto forzado. Que hubiera encontrado a cualquier mujer medio desnuda igual de atractiva, pero no estaba seguro de creerse sus propias excusas. Todas las demás personas que había en el taller eran también mujeres y, sin embargo, la última en la que parecía poder centrarse era en Lexi.

Parecía diferente cuando se le podía ver la sugerente línea de la clavícula y la suave caída de los brazos, que parecían hechos de crema y raso. Parecía más delicada con el cabello suelto, cayéndole por los hombros. Más joven, más dulce y, de algún modo, más vulnerable.

–¿Ves? –le decía la diseñadora sonriendo–. Será la novia más hermosa que haya pisado jamás un altar.

–No me cabe la menor duda –afirmó él–. Soy un hombre afortunado, ¿verdad, Lexi *mou*?

El apelativo cariñoso en griego le salió demasiado fácilmente, pero mereció la pena. En el espejo, vio la expresión del rostro de Lexi mientras asentía, aunque sabía que tan solo era porque había más personas observándoles. Vio la vergüenza y preocupación, y algo más doloroso que se reflejaba en su mirada cuando bajó rápidamente los ojos. Y él. como el monstruo que era, lo disfrutó plenamente.

Mientras la diseñadora confeccionaba el vestido que él deseaba, allí delante de sus ojos, Atlas pensó con intensa satisfacción que tenía la novia que había deseado, la novia que haría que todos sus sueños se hicieran realidad. Aquello iba a ser mucho mejor de lo que había imaginado.

Por supuesto, la prensa estaba encantada. Todos los días, los reporteros se reunían frente a la puerta principal de la casa de Belgravia que había estado vacía una década para realizarle las mismas preguntas una y otra vez. Les encantaban las respuestas que él daba, porque a todo el mundo le encantaba una historia como la de Atlas.

Les había encantado que hubiera podido salir del hoyo en su Grecia natal. Cuando había sido capaz de escalar hasta lo más alto del mundo empresarial. Les había encantado cuando cayó y parecían más obsesionados aún por él después de su regreso, con una complicada historia de traición y sufrimiento.

Había esperado mucho tiempo para esto, para tener micrófonos rodeándole y poder reclamar su venganza también de aquel modo, aunque sin mencionar nunca a los Worth de manera directa.

–Un hombre puede tolerar muchas cosas –dijo gravemente una mañana cuando iba a trabajar, como si se le acabara de ocurrir–. Sin embargo, es siempre la traición de los que cree ser amigos lo que le mantiene despierto por las noches.

¡Atlas pone a los Worth en su lugar!,

Esos eran los titulares de los periódicos a la mañana siguiente.

–¿Es absolutamente necesario que airees un asunto familiar privado en esos asquerosos tabloides que tanto te gustan? –le preguntó Richard esa misma mañana.

Había ido a buscar a Atlas a las oficinas que este último había reclamado para sí en el cuartel general de Worth Trust. Atlas había estado haciendo una serie de llamadas cruciales a ciertos socios de negocios para renovar su apoyo y su lealtad después de haber sido nombrado de nuevo director gerente. Levantó la vista de los papeles que su secretaria le había llevado y vio a Richard allí, con aspecto ciertamente incómodo en la puerta del despacho. Atlas no se fiaba de él y prefirió asumir que estaba fingiendo su actitud.

–No era consciente de estar aireando nada –replicó Atlas, que estaba detrás de su antiguo escritorio, el que eligió la primera vez que fue nombrado para el cargo–. Solo les cuento mi historia, Richard. Te ruego que me perdones si no se trata de un cuento que te agrade.

–Creo que los dos sabemos que no tienes interés alguno en agradarme. Más bien lo contrario.

Atlas inclinó la cabeza.

–No puedo decir que sea uno de mis objetivos, verdaderamente, pero tampoco me opongo a él necesariamente.

–¿Qué es lo que quieres? –le preguntó Richard

Atlas se limitó a sonreír.

–Estos son los días más felices de mi vida, Richard –afirmó–. Soy un hombre libre y, muy pronto, estaré casado. ¿Qué hombre vivo ha conocido alguna vez tal alegría? Yo creo que ninguno.

–Tal vez seas capaz de manipular a esa pobre niña....

Atlas se echó a reír.

–Creo que descubrirás que esa pobre niña ha crecido, pero no se pliega tan fácilmente a tu voluntad como imaginas. Seguramente, no deberías haberle mentido tanto durante tanto tiempo.

Atlas se preguntó si Richard aprovecharía la oportunidad, dado que no había nadie más presente, para sincerarse sobre los motivos que le habían empujado a aquello, pero tendría que haberse imaginado que no sería así. Richard no admitió nada, seguramente porque se creía que no podía hacer nada malo.

–¿Dónde crees que acabará todo esto? –le preguntó Richard sacudiendo la cabeza como si toda aquella situación lo entristeciera profundamente–. ¿Qué crees que es lo que va a ocurrir aquí?

–No te preocupes, Richard –dijo Atlas sin dejar de sonreír–. No tendrás duda alguna sobre mis intenciones. Te lo prometo.

Unas semanas después de que fuera liberado de la cárcel, Atlas estaba en la famosa capilla de la mansión Worth ataviado con un traje especialmente confeccionado para darle un aspecto letal y elegante, esperando a la última heredera Worth que recorrería el camino al altar para convertirse en su esposa.

En cierto modo, llevaba toda su vida esperando que le ocurriera algo así. Con o sin la década que había pasado en la cárcel de Massachusetts. En cierto modo, casi no podía reconciliarse con el hombre que había sido entonces. Un joven arrogante que había dado por sentado que su puesto con los Worth marcaba el principio de una edad dorada que no terminaría nunca.

Sin embargo, incluso entonces, había esperado llegar hasta allí. Hasta la capilla familiar para pasar a ser legalmente uno de ellos, con hijos que lo vincularan por sangre a esa familia. Tanto si ellos lo querían como si no.

Miró a los asistentes, que eran los nombres más selectos de los empresarios londinenses y europeos. En el primer banco estaba Gerard con su insoportable esposa, acompañados de sus hijos. Harry también los acompañaba. Atlas les sonrió cálidamente tan solo para ver cómo ellos le devolvían una gélida mirada.

Entonces, la música empezó a sonar y se olvidó por completo de ellos. Por fin iba a ocurrir. En poco más de una hora, se aseguraría el futuro con el que había soñado mientras estaba en su celda. Pasaría a formar parte de aquella familia que tanto le vilipendiaba. La reclamaría como propia.

Por fin.

Las puertas de la capilla se abrieron y Richard avanzó hacia el pasillo con Lexi del brazo.

–Iré sola al altar –le había dicho Lexi cuando Atlas le explicó un día cómo se imaginaba él la ceremonia.

Ella parecía haberse imaginado que le estaba pidiendo su opinión al respecto.

–De eso nada –le había respondido él suavemente, cuando se dio cuenta de que ella se había atrevido a contradecirle.

–No veo por qué no. También es mi boda.

Lexi estaba sentada en aquella ocasión frente a él, en un restaurante que Atlas había elegido por sus enormes ventanales, idóneos para que su romance pudiera aparecer cómodamente en la prensa.

–Aunque no parece que ese detalle te interese enormemente –había añadido ella.

–Por supuesto que también es tu boda y quiero que la disfrutes, siempre y cuando hagas exactamente lo que yo te digo, Lexi. Estoy seguro que los dos disfrutaremos mucho.

Mientras el camarero les llenaba las copas, Atlas se había preguntado si ella le desafiaría el día de la boda. Pero ese día, le alegró descubrir que ella le había obedecido y que había permitido que Richard la acompañara al altar.

El vestido era exactamente como lo había imaginado, un diseño de cuento de hadas que encajaba perfectamente con la imagen de rica heredera que se casaba con un hombre también rico y muy poderoso. El vestido era una confección de encaje blanco y falda de amplio vuelo. Perfecto. Ya se lo imaginaba en la portada de todos los periódicos y revistas. Ya tenía exclusivas con algunas publicaciones y las otras simplemente robarían las fotos. Lexi parecía una princesa de cuento de hadas, pero lo que no se había imaginado era precisamente cómo estaría ella.

Estaba bellísima. Había algo en ella que lo atrapó inmediatamente. Además, a pesar de los planes y de tener calculados todos los detalles, jamás se habría imaginado el efecto que produciría en él estar en aquella antigua capilla, con la marcha nupcial resonando entre sus paredes y todos los invitados mirándolo a él, que a su vez observaba atentamente cómo ella avanzaba hacia el altar.

Había considerado que una boda era parte necesaria de su plan, un fin que justificaba todo, un espectáculo necesario para poder lograr apoderarse de todo lo que los Worth tenían, un símbolo del modo en el que se lo entregarían todo a él.

Lo que quisiera. Lo que pidiera. Se lo debían.

Sin embargo, a pesar de lo cuidadosamente que había planeado todo, de algún modo había conseguido evitar pensar demasiado cuidadosamente sobre su futura esposa. Había dado por sentado que cualquier mujer podría servirle para ser la princesa del día, porque esa era la parte más fácil. Unas cuantas sesiones con el estilista y un vestido y cualquiera podría representar ese papel.

Incluso la mentirosa Lexi.

Lo que no había anticipado era... aquello.

El nudo en el pecho. El zumbido en los oídos. El intenso deseo que, como un puño, le apretaba con fuerza el sexo.

Lexi Haring había estado escondiendo su luz todo aquel tiempo, tal y como había sospechado. Eso fue lo primero en lo que Atlas se fijó. Aquel día, el de su boda, relucía.

Llevaba el cabello recogido, pero no del modo tan estricto en el que ella solía hacerlo. El recogido era más delicado y a ambos lados de las orejas le caían suaves rizos. En la parte delantera, llevaba una diadema que era también la que sujetaba el velo. Se adivinaba su rostro a través de la transparente tela, los gruesos labios, la delicada nariz y los profundos ojos castaños que parecían atravesarlo desde el otro lado de la iglesia.

En sus fantasías, había pensado que se fijaría tan solo en Richard para recordarle que le estaba entregando aquel día la mitad de su fortuna y afianzar así su triunfo. Su victoria.

Sin embargo, no parecía poder apartar la mirada de Lexi. Era como si no existiera nada más que ellos dos en el mundo. No sabía qué diablos le estaba ocurriendo.

Atlas sabía que el vicario estaba a sus espaldas. Los invitados frente a él, pero era Lexi quien demandaba toda su atención. Por fin, su tío y ella se detuvieron a su lado. Lexi parecía tener la capacidad de borrar el resto del mundo simplemente con su presencia.

Era casi como si...

No creía en eso tampoco.

El vicario dijo algo y Richard transfirió la mano de Lexi a la de Atlas. Ese momento debería haber sido muy poderoso. Una dulce venganza. Atlas lo sabía. Reconocía bien la mirada de desaprobación que Richard ni siquiera se esforzaba por ocultar. Sabía que aquel momento estaba corroyendo por dentro a Worth, tal y como él mismo había anticipado.

Sin embargo, le resultaba imposible centrarse en su venganza cuando los delicados dedos de Lexi estaban entrelazados con los suyos. Cuando había llegado el momento de retirarle el velo del hermoso rostro y dejar que la cautelosa inocencia de aquellos ojos oscuros le golpeara con fuerza.

No había estado esperando algo así. No había esperado que Lexi fuera algo más que un medio para conseguir sus fines. Sin embargo, no podía hacer nada más que rendirse a ello cuando estaba en el altar, observado por tantos de sus enemigos.

Atlas se dijo que no lo sabría nadie.

Permaneció en su sitio, dijo las palabras que tenía que decir. Nadie tendría por qué saber nada. Nadie más que él sabría que lo único de lo que estaba pendiente en aquellos momentos era la mujer que estaba a su lado, resplandeciente con el vestido que él había diseñado para ella.

Nadie sabría que, durante toda la ceremonia, Lexi sería lo único en lo que pensaría. Y en él. Juntos. Tampoco pensaría en lo que aquel matrimonio supondría para él, sino en lo que ella le permitiera hacerle.

Nadie podía saber lo que estaba pensando. Nadie podría ver las imágenes que lo torturaban, una después de la otra, cada una más decadente y tentadora que la anterior.

Atlas llevaba demasiado tiempo sin estar con una mujer. No se había casado con Lexi por el sexo, o, al menos, ese no había sido el factor que le había motivado.

Sin embargo, mientras le deslizaba la alianza que había elegido porque era muy pesada, casi como una cadena o como las esposas que las palabras de Lexi le habían puesto alrededor de las muñecas más de diez años atrás, se le ocurrió que iba a disfrutar de la vida de casado mucho más de lo que había anticipado

Entonces, cuando rozó la boca de Lexi con la suya para sellar que estaban casados, confirmó plenamente ese pensamiento. A pesar de que había sido un ligero contacto, lo sentía por todas partes. Era como una llama, que lo abrasaba por completo. Entonces, lo comprendió todo.

Iba a tener que reconsiderar el frío y distante matrimonio de pura conveniencia que había imaginado porque tenía la intención de devorar viva a Lexi. Una y otra vez. Se moría de ganas por empezar.

Capítulo 6

LEXI nunca se había pasado demasiado tiempo imaginándose el día de su boda. No parecía que tuviera motivo alguno para hacerlo. Philippa era la que había soñado con los vestidos de princesa, rodeada de lujo y gloriosas estancias en las que bailaba con su príncipe azul. Lexi siempre había pensado que, si alguna vez le ocurría a ella, sería una celebración mucho más modesta. Tal vez una cita en el juzgado sin más. Puede que incluso también una comida en el pub más cercano. Nada de lujos porque nunca había imaginado que pudiera ser otra cosa que la pariente pobre de Richard Worth, afortunada de tener casa y trabajo tal y como él siempre le decía.

Nunca se había imaginado más que eso o, al menos, no había pensado que pudiera querer más.

Por ello, se quedó atónita ante lo fácil que le resultó perderse en la fantasía de aquella boda que Atlas había organizado. Llevaba ya varios días sin poder dormir, dando vueltas en la cama, porque había estado totalmente segura de que se iba a sentir como una especie de alienígena con el traje de novia que Atlas había insistido que se pusiera. Estaba convencida de que tenía que representar un papel que le iba muy mal y también que todo el mundo se daría cuenta.

Sin embargo, ocurrió algo muy extraño. Cuando se puso el vestido, este le resultó muy cómodo. Le gustó. Tal vez jamás podría haberse reconocido con él, pero le gustaba el tacto y la forma, el modo en el que estaba realizado para hacerle parecer exactamente la mujer que nunca se había imaginado que sería.

Para empezar, hermosa.

Había estado esperando en una pequeña sala en la parte posterior de la capilla con aquel maravilloso vestido, sola, mirándose en el espejo constantemente porque no se reconocía. Había escuchado cómo llegaban los invitados y se había preguntado si debería sentirse nerviosa, pero aquel vestido parecía tener la capacidad de tranquilizarla y así lo había sentido en cuanto se lo puso. Así estuvo hasta que el tío Richard entró para buscarla.

–No tienes por qué hacer esto –le había dicho. Las palabras habían sonado más bien como una sugerencia en vez de como palabras de apoyo.

Lexi miró al hombre al que hasta hacía unos días había considerado su salvador.

–¿Y entonces qué? –le había preguntado–. ¿Qué imaginas que nos pasará si Atlas no consigue lo que desea?

–¿Es esto lo que desea? –le espetó su tío mientras la observaba como si siempre hubiera albergado sospechas sobre la clase de persona que ella era–. ¿O acaso es más bien lo que deseas tú?

–¿Lo que deseo yo? –repitió Lexi. Estuvo a punto de soltar una carcajada–. Perdóname, pero ¿cuándo le ha importado a otro ser vivo lo que yo deseo?

Su tío se limitó a mirarla fijamente.

–¿Es eso lo que le dijiste a mi madre?

El rostro de Richard se endureció.

–Le dije lo que ocurriría si me desobedecía. Desgraciadamente, Lexi, tu madre no era más que una zorra.

Lexi contuvo la ira. No gritó ni desvió la mirada. Los años de práctica le vinieron muy bien.

–Sin embargo, no parece que fuera una zorra sin dinero.

Por suerte, en aquellos momentos la música había empezado a resonar en la capilla y las puertas se habían abierto. Al tío Richard no le había quedado más remedio que acompañarla al altar. Todos estaban bailando al ritmo que marcaba Atlas de un modo u otro. Todos ellos estaban pagando por los pecados de su pasado. Todos ellos eran peones en el tablero de juego de Atlas.

Lexi se armó de valor y decidió que, tanto si le gustaba como si no, lo más probable sería que aquella fuera la única boda que tendría en toda su vida y, con toda seguridad, la más lujosa porque la fortuna que aún no se podría creer que le perteneciera, era evidentemente algo que Atlas consideraba como suya propia, como una compensación personal y eso significaba que ella podría darse permiso para disfrutarla también. Si podía. Como fuera.

Entonces, vio a Atlas.

La mirada de él la atravesó desde el altar, donde él se encontraba, alto y orgulloso. Fue como si su cuerpo dejara de pertenecerle, como si ella ya no fuera su dueña, como si él pudiera abrazarla tan solo con aquella mirada y poseerla así de fácilmente.

Lo más raro de todo fue que le pareció natural. Adecuado.

Se sintió como si el calor, la luz y algo más que no se atrevía a nombrar se adueñaran de ella. Todo aquello era mucho más que un simple amor adolescente.

Lexi no necesitaba que nadie le dijera lo peligroso que aquello era. Lo sabía perfectamente. Sin embargo, era aún peor. Mucho peor.

Se había convertido en su esposa.

La recepción de la boda se extendió por toda la casa, ocupando el salón principal de la mansión. Además, había música en el salón de baile y los jardines brillaban con todo su esplendor. La lluvia de primera hora de la mañana había dado paso a un trémulo cielo azul. Lexi hizo todo lo posible por no albergar pensamientos que no la ayudaban en nada. Decidió que el azul del cielo era una especie de anuncio de esperanza y de paz y que parecía augurar que todo terminaría bien.

No obstante, ella sabía perfectamente que aquello no era el inicio de nada, sino el final que Atlas había estado mucho tiempo planeando. Tal vez ella se sentía como una princesa con aquel glorioso vestido, pero distaba mucho de serlo.

Casi no había tenido tiempo de digerir que ella no era la pariente pobre que siempre se había considerado, pero ya no importaba. Atlas la había reclamado y ella sabía perfectamente que el que en aquellos momentos era ya su esposo haría lo que deseara, sin tener en consideración alguna sus sentimientos.

De todos modos, pensó que ese hecho podría ser algo bueno, porque sus sentimientos eran bastante... problemáticos.

Eran en realidad los mismos de siempre, pero en aquellos momentos Lexi se preguntaba si se trataba de atracción adolescente que había sentido muchos años atrás o había pasado a convertirse en algo más peligroso.

Toda la casa había sido decorada con esmero para la recepción. Había centros de flores por todas las superficies y la casa parecía más ligera, más alegre. Lexi sonreía y charlaba con todas las personas a las que, tan solo unas semanas antes, había estado recibiendo y llevando tazas de té y que, en aquellos momentos, la trataban con gran deferencia.

Si se paraba a pensarlo, resultaba incluso bastante divertido.

–No tienes que obedecerle –le dijo Harry un poco más tarde. Como siempre, estaba bebido tal y como parecía revelar la tonalidad rojiza que le cubría nariz y mejillas. Lexi deseó no haber acudido a su llamada–. No estamos en la maldita Edad Media.

Ella trató de dedicarle la misma sonrisa que llevaba dedicándole a todos los invitados a lo largo del día, pero sintió que no podía.

–No sé lo que eso significa.

–Significa que eres una chica moderna, Lexi. Estoy seguro de que sabes que puedes hacer lo que quieras. Con boda o sin boda, puedes decidir lo que quieres hacer.

–Vaya, qué sorpresa descubrir tu lado feminista, Harry –replicó Lexi–. Nunca me habías parecido un aliado para nuestra causa.

–No seas ridícula –contestó Harry tras tomarse otra copa. Ni siquiera la estaba mirando a ella, sino a Atlas, tal y como Lexi pudo deducir por la dirección de sus ojos–. Lo único que te estoy diciendo es que me alegro de que le hayas dado lo que quería, pero que eso no significa que le tengas que dar todo lo que quiera. ¿Sabes a lo que me refiero?

–No –dijo ella–. No tengo ni idea de qué estás hablando.

Lexi solo había respondido así para no ceder ante él, pero el modo en el que Harry había empezado a mirarla le había provocado un escalofrío en la piel.

–En ese caso, supongo que no eres otra cosa más que su zorra –comentó él, con un tono amigable que empeoraba aún más la situación–. Y a las zorras les ocurren cosas malas, Lexi. Es mejor que lo tengas en cuenta.

Con eso, Harry se marchó para buscar otra copa en la que ahogarse un poco más.

A pesar del escalofrío que había sentido, Lexi siguió con la sonrisa en los labios. No se atrevía a cambiar de expresión y tampoco quería pensar en el hecho que dos miembros de la familia Worth habían utilizado la palabra *zorra* en su cara en el día de su boda. El tío Richard la había usado para referirse a su madre. Había echado a Yvonne a la calle y le había dicho que estaba desheredada. ¿Era esa la clase de amenaza que Harry había estado sugiriendo para ella o se refería a algo mucho más oscuro?

Lexi volvió a aquel verano y a los líos con los chicos estadounidenses que Philippa había conocido en las playas de Martha's Vineyard y que a su prima le habían resultado tan divertidos. ¿Había pensado Harry que Philippa también era una zorra?

¿Acaso todas las zorras de la familia Worth terminaban muertas?

Lexi volvió a sentir un escalofrío. Levantó la mirada y vio que Atlas estaba observándola desde el lugar en el que estaba charlando con unos hombres de negocios.

El problema era que él era su mayor amenaza, pero, sin embargo, no se sentía amenazada cuando él la miraba o, al menos, no del mismo modo que cuando Harry o su tío se dirigían a ella con aquel tono de voz y la miraban como si fuera un gusano.

Atlas, sencillamente, le quitaba el aliento.

Aquel día no había lugar para fingimientos. Algo había ocurrido durante la ceremonia. Lexi no tenía mucha experiencia en aquel sentido, pero le había parecido que ocurría algo entre ellos cuando Atlas le tomaba la mano en el altar. Había creído ver algo en su duro y cruel rostro cuando él la miraba, algo más que una mirada de triunfo, algo más complicado que la simple victoria de un hombre empeñado en la venganza. Estaba segura de ello.

Sin embargo, eso no la ayudaba en aquellos momentos ni cuando, algún tiempo después, él fue por fin a buscarla.

–¿Estás lista, esposa?

Aquella palabra dirigida a ella la hizo echarse a temblar, pero no del mismo modo que le había ocurrido con Harry.

Atlas había mantenido las distancias a lo largo de toda la recepción, aunque Lexi no sabía si se trataba de algo deliberado o no. Por un lado, Atlas siempre consideraba todo lo que hacía muy detalladamente y por adelantado. Sin embargo, por otro, sabía que las aspiraciones del que ya era su esposo eran mucho mayores de lo que pensaba hacerle a ella. Por ello, no le había sorprendido que él se hubiera pasado el día circulando entre los invitados, restableciendo lazos con los que podrían haberle tachado de sus listas de contactos después de que hubiera estado en prisión o recordándole a todos los presentes que él era Atlas Chariton y que había vuelto con todo su poder, por no mencionar también con su encanto y un magnetismo que era imposible de ignorar.

–¿Lista? –repitió ella.

–Espero que no se te haya olvidado ya –murmuró mientras le tomaba la mano. Lexi esperó haber conseguido ocultar la llama que surgió tras aquel contacto–. Te has casado hoy conmigo. Ahora, me temo que ha llegado el momento de abandonar a nuestros invitados para que te comportes como una esposa con tu marido.

–Yo... –susurró ella–. ¿Y adónde vamos a ir? No me dijiste nada más de lo que iba a ocurrir después de la ceremonia.

–Bueno, estoy seguro de que sabes lo que viene después –comentó él con una oscura sonrisa, mucho más peligrosa–. Algunos creen que es la mejor parte.

–¿Estás...?

Sintió deseos de abofetearse. El corazón le latía demasiado rápido y tenía un nudo en la garganta que parecía impedirle pronunciar las palabras que necesitaba.

–No puedes estar hablando de sexo...

–¿No?

–Bueno, nunca hablamos de eso.

Atlas hizo algo con la mano de Lexi, aunque ella no supo exactamente qué, pero instantes después era como si le hubiera prendido fuego. Entonces, tiró de ella suavemente,

–¿Y qué es lo que hay que hablar?

Atlas se inclinó sobre ella como si quisiera decirle un secreto o tal vez eso le pareció a ella. Cuando él estaba tan cerca, era como si no hubiera nada en el mundo más que ellos dos. Absolutamente nada.

–Bueno, yo diría que todo –consiguió decir, a pesar de que no sabía cómo lo había conseguido.

Más que oírla, sintió la carcajada que él dejó escapar y que, de algún modo, pareció resonar también dentro de ella.

–Me gusta el sexo, Lexi –afirmó él, provocando más fuegos dentro de ella–. De hecho, mucho más que gustarme me encanta y pienso disfrutar de ello muy frecuentemente con la mujer con la que me acabo de casar, a menos que tú tengas alguna objeción.

Lexi trató de sobreponerse a otro escalofrío que la debilitó profundamente y dio un paso atrás. Solo para poder mirarlo. Se dio cuenta de que le había colocado las manos sobre el torso, pero estaba segura de que no debería tocarle. No obstante, no podía parar.

–Tú no me deseas –le dijo frunciendo el ceño–. No tienes que fingir solo para...

Se encogió de hombros. El movimiento parecía transmitir ira, aunque ella no creía estar enfadada. Sentía demasiadas cosas, muy complicadas. En caso de estar enojada, la ira sería la menos complicada.

–Ya me he casado contigo. No tienes que jugar a estas cosas.

Lexi esperaba que manifestara su ira, pero, en vez de eso, parecía... curioso. Y algo más que no era capaz de definir. Fascinación tal vez, aunque eso no tenía sentido. Él era Atlas Chariton. Tenía a su alcance mujeres más hermosas que Lexi.

–¿Y qué juego crees que estoy jugando?

–Esto del sexo –susurró ella–. Accedí a casarme contigo, pero sé que es un matrimonio de conveniencia, nada más. No tiene que ser nada más.

–Claro que sí –dijo Atlas sujetándola cuando ella trató de separarse de él–. Tiene que ser mucho más que eso, de hecho. ¿Acaso no lo mencioné?

–Lo que tú quieres es una fortuna que yo no sabía que tenía y la oportunidad de vengarte de mi tío –dijo Lexi tratando de hablar con expresión neutral porque, de repente, era muy importante para ella que no pareciera que aquella conversación la estaba afectando en lo más mínimo–. Ya lo has conseguido.

Con la mano que le quedaba libre, Atlas comenzó a juguetear con los rizos que enmarcaban el rostro de Lexi y que le hacían sentirse más femenina de lo que se había sentido en años. Eso era algo peligroso, porque, cuanto más femenina se sintiera con él, más la animaría su cuerpo a hacer la clase de cosas que sospechaba que podrían destruirla. Las armas de seducción no eran propias de ella. Nunca en toda su vida había sentido la necesidad de hacer ninguna de esas cosas.

Sin embargo, aquel día todo era diferente.

Ella era diferente.

–Pensaba que lo comprenderías, Lexi *mou* –dijo

Atlas en voz muy baja, con algo definitivamente muy peligroso en la mirada–. Es un juego muy largo.

–Es tu juego. No el mío.

–Mi juego, tu juego... no importa. Va a requerir un poco más por tu parte que mostrarte como una figura decorativa con un vestido blanco.

–Yo solo hago lo que me dicen –replicó ella. No comprendía de dónde habían salido aquellas palabras y mucho menos por qué se las había dicho a él–. Ese es mi papel, ¿verdad? Mi tío, tú... Yo solo sigo órdenes. Según tengo entendido, eso me convierte en una zorra.

Si había esperado avergonzarlo, se llevó una buena sorpresa. Atlas se limitó a sonreír.

–En ese caso, nuestra noche de bodas será incluso mejor de lo que había imaginado.

–Así que esto es realmente por el sexo –replicó pensando que su voz sonaba valiente–. ¿Por qué no lo dices?

–Esto tiene que ver con muchas cosas –respondió él sin dejar de sonreír–. Sin embargo ¿en lo que se refiere a ti? Todo tiene que ver con el sexo. Pienso usar tu cuerpo de todas las maneras posibles, Lexi. Me he estado reservando. Tengo años y años de retraso para recuperar encima de tu dulce cuerpo.

Lexi era consciente de que alguien estaba respirando demasiado fuerte a su lado. Tardó unos segundos en comprender que era ella.

–Te aseguro que no va a ser nada decoroso, ni fácil. Pienso hacerme dueño de cada centímetro de tu piel

Lexi trató de decir algo, lo que fuera, pero solo consiguió pronunciar el nombre de él. Fue una súplica más que una queja.

–¿Te parece mejor? –le preguntó él–. ¿Te sientes más preparada?

–Supongo que es lo último que deseas –murmuró ella.

Lexi comprendió que aquello probablemente la delataba y permitía que él viera lo vulnerable que se sentía.

–Si me siento preparada, no podrás hacer tanto daño como piensas. En ese caso, ¿qué es lo que vas a hacer?

Lexi no sabía qué esperar, pero ciertamente no la mirada ardiente que Atlas le dedicó ni el modo en el que él le acarició la mejilla. El gesto fue tan breve que ella estuvo a punto de pensar que lo había imaginado, pero el corazón le delató, deteniéndose un instante por el contacto.

–Puedes llamarlo daño si así lo deseas –susurró él–. No te contradiré, pero creo que los dos sabemos que lo único a lo que voy a hacerle daño es a tu orgullo y a eso podrás sobrevivir, créeme. Tal vez no te guste. Puede que odies lo que encuentres al otro lado de las cosas a las que tanto te aferras y que deseas que fueran reales. Sin embargo, sobrevivirás de todos modos.

Atlas no explicó a qué se refería, pero Lexi se sintió aterrorizada porque le pareció que una parte de su ser no necesitaba ninguna explicación. Tal vez el cerebro se revelaba contra aquellas palabras, pero el cuerpo había tenido una reacción muy diferente, como si supiera cosas que ella desconocía.

Y lo peor de todo era que sospechaba que Atlas también las conocía.

Él la sacó del salón. Lexi lo siguió sin poner objeción alguna porque no se le ocurría qué más podía hacer y, lo que era peor, no parecía capaz de encontrar la energía suficiente para desafiarlo. Era casi como si no deseara hacerlo.

Se fue despidiendo de todos los invitados con una sonrisa y dejó que Atlas la llevara hasta el coche clásico que los estaba esperando. Se sentó en su interior y los dos se marcharon de Worth Manor para perderse por las calles de Londres.

«Haz algo», se decía, pero era como si estuviera atrapada en una especie de prisión dentro de su propio cuerpo, incapaz de hacer nada.

¿Y qué podía hacer? Esa era la verdad. No le quedaba ningún espacio seguro en el que refugiarse. Después de que Atlas anunciara su compromiso, los reporteros la seguían por todas partes cuando salía de los terrenos de Worth Manor. Ni siquiera había podido regresar a su pequeño estudio. No era que le hubiera resultado alguna vez un refugio agradable, pero no le había gustado cuando Atlas le informó de que no podía regresar.

–Deberías darme las gracias por asegurarme de que no puedes regresar a ese lugar asqueroso –le había dicho él durante una de sus supuestas citas, durante las cuales él solía comunicarle asuntos de este tipo para que a ella no le quedara más remedio que aguantarse y sonreír a las cámaras que los espiaban continuamente.

–Ese lugar asqueroso es mi casa.

–He inventado una historia para explicarlo –le había respondido Atlas–. No podemos permitir que nadie sospeche que tu querido tío no tenía intención alguna de entregarte tu parte de la herencia, por supuesto.

–No me puedo creer que quieras protegerlo.

–En absoluto –le había dicho él con su típica sonrisa, que siempre era capaz de ponerle a Lexi el vello de punta–, pero prefiero que ese detalle no se sepa. Por si tengo que darle mejor uso más tarde.

–No entiendo qué tiene que ver eso con mi piso.

–El público no aceptaría que una heredera viviera en un cuchitril. Por lo tanto, he filtrado en algunos lugares clave que te sentías tan abrumada por lo que le había ocurrido a Philippa que habías jurado llevar una vida modesta y humilde por todo lo ocurrido.

–¿Y por qué se iba a creer alguien una cosa así? ¡Es ridículo!

–Las excentricidades de los ricos son un pasatiempo para los británicos –le había respondido Atlas encogiéndose de hombros–. Además, resulta tan poético... ¿No te parece? Nuestro amor quedó destruido hace una década y los dos nos sentamos a sufrir en nuestras respectivas cárceles, casi sin esperanza alguna de podernos volver a reunir.

–Deberías escribir novelas románticas –replicó ella con cierto desprecio.

–Bueno, las novelas románticas siempre tienen un final feliz. Esto es la vida real, Lexi –le había respondido él con un tono de voz escalofriante–, no una novela romántica. Tú no tienes tales garantías.

Sin embargo, no había importado en absoluto la opinión que ella hubiera podido tener. Al día siguiente, su tío le informó de que iban a recoger sus cosas para llevárselas a la mansión, donde podría alojarse en uno de los dormitorios que había en la cochera.

Tales dormitorios habían estado allí siempre, pero nunca se le había ofrecido ninguno para que pudiera alojarse. Otra de las maneras en las que su tío la había tratado mal, aunque Lexi había decidido que era mejor no mirar atrás.

En el coche clásico, permaneció sentada con las manos en el regazo y la espalda tan recta como podía sin llegar a hacerse daño. Iba mirando por la ventana, contemplando las vistas de la ciudad. A su lado, Atlas no hizo intención alguna de tocarla, lo que parecía ser garantía de que no tardaría mucho en hacerlo. El pulso le latía con fuerza en las venas, temiendo lo que él podría hacer cada vez que respiraba. Sin embargo, Atlas permaneció inmóvil. Se limitó a sacar el teléfono y a hacer algunas llamadas en griego.

Atlas parecía estar absolutamente tranquilo. No era de extrañar. Él controlaba totalmente todo lo que había ocurrido desde que le dejaron salir de la cárcel, al contrario de Lexi, que no había podido controlar nada desde ya no se acordaba cuándo.

Cuando llegaron a la casa de Belgravia que Atlas había comprado hacía ya muchos años, él la ayudó a descender del vehículo como si lo hubiera hecho ya mil veces antes. La mano parecía encajarle a la perfección en la parte baja de la espalda de Lexi. Lo peor era que parecía manejarla con una facilidad que hacía que ella se acalorara por todas partes.

Cuando por fin se colocó junto a él frente a la casa que lo había marcado hacía ya años como una poderosa fuerza a tener en cuenta, Lexi tuvo un extraño pensamiento: le parecía que ella estaba completamente hecha para él.

Encajaba perfectamente a su lado, como si, en el caso de que hubieran sido dos personas diferentes, ella pudiera apoyar la cabeza sobre uno de sus fuertes hombros o echar la cabeza hacia atrás y perderse en uno de sus besos.

Por supuesto, aquel pensamiento era horrible. O, por lo menos eso fue lo que se dijo mientras Atlas la conducía al interior de la casa.

Lexi no sabía qué había esperado de aquella casa, pero no fue lo que encontró al entrar. Desde el exterior, la casa era como cualquier otra que daba a la plaza ajardinada, rebosante de árboles y de césped de la que solo podían disfrutar los residentes. Era blanca, como las del resto del vecindario y como correspondía al periodo en el que había sido construida.

Sin embargo, en el interior la casa había sido completamente modernizada. Era una mezcla ecléctica de espacios contemporáneos y detalles antiguos que formaba algo completamente nuevo. Diferente. Gris y acero muy masculinos. Arte osado y sin compromisos.

Tal y como correspondía a Atlas. Inesperado y perfecto al mismo tiempo.

–Bienvenida a tu nuevo hogar –le dijo él. Lexi se sobresaltó por el inesperado sonido de su voz, pero pudo controlarse a tiempo para no saltar en el aire.

–¿Casa? –le preguntó.

–Sí, Lexi. Tu casa –afirmó él, con un tono de voz tranquilo, pero que sonaba peligrosamente como si estuviera perdiendo la paciencia–. Estoy seguro de que no te puedes imaginar un escenario en el que mi esposa viva separada de mí, en una cochera o en cualquier otra propiedad de otro hombre, ¿verdad?

–No puedo decir que lo haya pensado.

–Llevamos casados menos de doce horas y ya me estás mintiendo. Esto no marca un buen precedente, ¿no te parece?

Lexi apretó los labios y esperó a tranquilizarse para responder.

–Está bien –dijo fríamente–. La verdad es que jamás se me ocurrió que este matrimonio pudiera ser ni remotamente real. Me daba la impresión que no soy nada más para ti que el equivalente humano de una caja fuerte de un banco. Evidentemente, no me imaginé que eso incluía compartir el espacio de vivienda.

Atlas la miró atentamente.

–Veo que tu imaginación es algo pobre, pero no dejes que eso te preocupe, Lexi. La mía es desbordante.

Lexi tragó saliva y apartó la mirada de él para contemplar la casa. Era enorme, como todas las de aquella zona. Una sala daba a un despacho y le pareció ver que había una biblioteca al otro lado del salón formal.

–Supongo que no tiene nada de malo mudarme de un estudio del oeste de Londres a una mansión en Belgravia –murmuró ella–, aunque me parece que salgo perdiendo...

Si Atlas encontró divertido aquel comentario, no lo demostró.

–Para que todo quede bien claro, Lexi, vivirás aquí, en mi casa. Conmigo. Eso significa que ocuparás mi cama, no que vivirás en la habitación de invitados detrás de una puerta cerrada con llave o en un ala separada donde no tendrás que volver a verme –afirmó él levantando las cejas cuando ella lo miró atónita –. Eso es lo que hace una esposa, después de todo. Supongo que lo sabrás.

–Me sorprende mucho lo doméstico que eres. No es necesariamente algo malo, pero no estoy convencida de que vaya con tu actitud de venganza o muerte.

Atlas reaccionó a aquel comentario con una de sus perezosas sonrisas.

–Ah, mi pequeña... –dijo con voz suave, aunque llena de amenaza y de oscuridad–. No tienes ni idea. La venganza no es una propuesta tan universal, pero no te preocupes. Ya aprenderás.

Lexi sintió que se le hacía un nudo en la garganta. Atlas apartó de ella la penetrante mirada y eso hizo que ella se sintiera mejor. Él avanzó hacia el interior de la casa y Lexi lo siguió sin protestar. Mientras recorrían la casa, ella miraba a su alrededor, admirando todas y cada una de las hermosas estancias, muy sofisticadas y muy diferentes del estilo de la mansión Worth. Entonces, llegaron a un espacioso salón que daba a un jardín privado en el centro de Londres, que constataba más la riqueza que Atlas poseía que ninguna otra cosa que ella pudiera imaginar.

–Tienes una casa muy bonita –le dijo con sinceridad cuando él se detuvo frente a las puertas francesas como si quisiera asegurarse de que ella lo seguía.

–Sí –afirmó él–. Me enorgullezco de ella. Todo lo que quería de la vida era un lugar como este y lo conseguí cuando apenas tenía veinticinco años, desafiando a todos los que me dijeron que nunca tendría algo semejante. Y te sorprenderá saber que había muchos.

–No me imagino que nadie que te conozca pueda decir algo así de ti –replicó ella sin pensar.

Atlas la miró con curiosidad.

–No te preocupes, Lexi. También me vengaré de ellos. Tengo más que suficiente para todos.

Atlas abrió las puertas francesas. Lexi se recogió la falda del vestido y salió al exterior detrás de él. El diseño del jardín era espectacular y tenía como objetivo conseguir que pareciera que se estaba en el campo.

Él la condujo por un sendero a través de un seto. Allí había una pequeña casita. Lexi tardó un instante en darse cuenta de que era un vestuario de piscina. Al otro lado, una reluciente piscina azul brillaba bajo la luz del sol.

–¿Era esto lo que te traías entre manos? –le preguntó Lexi mientras observaba el agua con un nudo en la garganta–. ¿Piensas ahogarme en tu piscina?

Lexi no quería que aquellas palabras sonaran de aquel modo. Tan solo estaba tratando de hacer una broma para no relacionarse a sí misma con lo que muchas personas aún creían que le había hecho a Philippa hacía diez años.

Atlas entornó la mirada y después sonrió, lo que fue peor aún porque Lexi se sintió como si él le lamiera todo el cuerpo.

–La boda fue un acto de venganza, es cierto –le dijo él con voz suave, que hizo que el estómago de Lexi diera un vuelco.

–Eso ya lo sé.

–Pero en realidad, no iba dirigida a ti. La boda era para tu tío y tus primos. Estoy seguro de que a ellos nada les puede parecer más repugnante que yo sea un miembro de su familia.

Lexi se sobresaltó cuando él la estrechó entre sus brazos. Aunque hubiera querido, no habría podido zafarse de sus fuertes manos. Se dijo que le gustaría hacerlo. Que debería hacerlo. ¿O no?

–¿Y yo? –susurró ella, a pesar de que creía ya saber la respuesta–. ¿Qué vas a hacer conmigo?

–Pensaba que lo habías comprendido –respondió él moviendo ligeramente los pulgares. Las sensaciones se apoderaron de ella, haciendo que una tormenta estallara dentro de su ser–. Para ti tengo planeada una venganza mucho más íntima. Una y otra vez...

–¿Y si yo no quiero? ¿Y si me niego?

–Hazlo. Niégate.

Atlas la acercó un poco más a su cuerpo. Ella debería haberse resistido, pero se dejó llevar como si aquello hubiera sido precisamente lo que había deseado desde el principio, como si el destino de ella fuera fundirse contra el cuerpo de Atlas, como si aquella hubiera sido la razón del insomnio que, noche tras noche, la mantenía inquieta y agitada.

–Lo único que tienes que hacer es negarte, Lexi –insistió Atlas. Entonces, la hizo inclinarse hacia atrás sobre su fuerte brazo, asegurándose que ella había perdido el equilibrio–. Te desafío.

Entonces, bajó la cabeza y cubrió la boca de Lexi con la suya.

Capítulo 7

LEXI era extraordinaria. Su sabor explotó en la boca de Atlas como si fuera un rugido.

Ya la había besado en la capilla, por supuesto. El vicario anunció que podía besar a la novia y él lo había hecho, pero muy ligeramente. Se había inclinado sobre ella y le había dado un beso de cumplido, que terminó casi antes de empezar. No había razón alguna para que aquel beso lo hubiera perseguido desde entonces, como si hubiera entre ellos algo más que venganza.

Sin embargo, así había sido, a pesar de que había tratado de olvidarse de él durante toda la recepción. Por fin, cuando estaban allí en su casa, decidió tomarse por fin su tiempo.

Le besó la boca como si la poseyera, porque en realidad así era. Porque por fin formaba parte de la familia Worth, tanto si a ellos les gustaba como si no, tal y como había planeado.

Lexi era suya y, en aquellos momentos, ese hecho parecía importarle más que todos los planes del mundo.

No había nada que impidiera que Atlas la besara. Simplemente le reclamó sus labios. Abrió la boca sobre la de Lexi, posesiva y avariciosamente, como si llevara una eternidad conteniéndose, como si hubiera estado deseándola todos aquellos años. Era como si aquel no fuera el primer beso, sino uno de muchos, todos exactamente igual a aquel.

Tórrido y lánguido. Profundo y rico, increíblemente sensual.

Con cada caricia, Atlas se recordaba que él la poseía, que Lexi se había entregado a él sabiendo muy bien en qué se estaba metiendo. Atlas nunca había fingido ser un hombre civilizado antes de ir a prisión. Después... Atlas sentía algo salvaje resonando en él como si fuera un tambor.

Él era un hombre primitivo. Fuera lo que fuera lo que ocurriera en aquel sucio juego, Lexi le pertenecía totalmente, para hacer lo que le placiera.

Ella tenía los puños apretados agarrándole la pechera de la camisa. Luchaba, pero no para alejarse de él, sino para estar más cerca, como si deseara mucho más. Atlas le hundía los dedos en el cabello, tan suave y tan hermoso, para sujetarle el rostro justamente donde quería.

Cuando puso en ángulo la cabeza, todo se hizo más húmedo. Más cálido. Más apasionado. Mejor de lo que nunca hubiera imaginado.

Y Atlas había estado diez años en la cárcel. Se lo había imaginado todo.

La besaba una y otra vez, dejándose llevar, jugando con ella, saboreándola. Era concienzudo y brusco a la vez. Y con cada beso, sentía.

Sentía.

Él, que no había sentido nada desde hacía años. Él, que se había rodeado de una coraza para poder sobrevivir. Se había convertido en piedra. Una furia con forma humana.

Sin embargo, Lexi le transmitía el sabor de la esperanza y Atlas no parecía ser capaz de hartarse. Ni siquiera deseaba respirar.

No quería pensar en venganza al menos mientras se estaba perdiendo en la maravilla de aquel beso. Solo eso debería haberle bastado para dejarla marchar. Para empujarla incluso. Para poder recuperar el equilibrio antes de que pudiera perder la cabeza por completo.

No fue así.

Se dijo que no importaba lo que sentía, sino que importaba lo que hacía.

La mujer que lo había encerrado para después tirar la llave no se merecía saber lo mucho que la deseaba. No debía saber el miedo que le producía no controlar aquella situación como debería. No tenía que saber nada más que aquel beso. El roce de los labios. El baile carnal que enredaba la lengua de él con la de ella. La dulce tortura de aquel cuerpo entre sus brazos.

Si no recordaba haber deseado nunca nada más que el siguiente roce de aquellos labios, así sería. Esa sería la cruz que tendría que portar, pero ella no tenía por qué saberlo.

Lexi le devolvía el beso como si hubiera estado esperando toda la vida para saborear a Atlas de aquel modo. A él le preocupaba perder el control por primera vez en su vida, porque no era suficiente.

Su cuerpo apretado contra el de ella, su dureza contra la suavidad del cuerpo de Lexi no eran suficientes. Las enormes manos enredadas en el cabello castaño antes de deslizárselas por el cuerpo para cubrirle por fin el trasero y apretarla un poco más contra su cuerpo no era suficiente tampoco.

Atlas volvió a besarla una y otra vez y ella lo recibía con pasión. Los sentimientos contradictorios que él estaba experimentando estuvieron a punto de ponerlo de rodillas, pero eso tampoco fue suficiente.

Atlas se sentía posesivo y salvaje y todo lo que le hacía a Lexi empeoraba más las cosas. El modo en el que ella respondía cada vez amenazaba con matarlo.

Aquellos momentos con Lexi eran tan solo una pequeña parte de su venganza, pero, por primera vez, Atlas no estaba del todo seguro de que fuera a sobrevivir. Lo peor era que, en aquellos momentos, no estaba seguro de que le importara.

Aquello debería haberle provocado un escalofrío por la espalda, pero no fue así y tampoco le habría importado si lo hubiera sentido.

Hizo un sonido que ni él mismo pudo descifrar y luego la levantó en brazos. Lexi casi no pesaba nada y olía demasiado bien. De repente, algo le recordó las flores que sus abuelos habían cultivado en la isla en la que él había crecido, en aquellos días lejanos que habían sido el único momento de alegría de su infancia. Todo había acabado abruptamente cuando su padre volvió a encontrarlo y se lo llevó de nuevo a los suburbios de Patras, al oeste de Grecia porque, aunque él no quería al hijo que la esposa a la que había maltratado y que había huido para tenerlo en el pueblo de sus padres, no deseaba tampoco que nadie más lo tuviera.

Decidió no dejarse llevar por los recuerdos, buenos o malos y mucho menos por el sugerente aroma que desprendía el cuerpo de Lexi, pero no la dejó en el suelo para apartarse de ella tal y como sabía que debería hacer.

No estaba seguro de poder apartarse de ella, mucho menos después de haberla saboreado.

Atlas la llevó hacia el lugar donde se encontraban las hamacas y la tumbó sobre una de ellas, junto al borde de la piscina. Después, se tumbó encima de ella y la apretó con fuerza contra los cojines. Estos eran muy suaves, pero Lexi lo era aún más. Atlas sintió que el cuerpo de ella se movía ligeramente, como si quisiera darle la bienvenida.

–A mí no me parece que esto sea una venganza –le susurró ella al oído.

Parecía drogada. Peor aún, esperanzada.

Atlas se echó a reír.

–Ah, bueno –murmuró él con voz ronca. La fuerza de su deseo era difícil de contener–. Solo porque estoy empezando.

–Está bien –dijo Lexi–. Llevo haciendo penitencia muchos años. Puedo enfrentarme a tu venganza.

–Me encanta saber que piensas así.

Volvió a besarla de nuevo porque le resultaba mucho más fácil. O mejor. O simplemente porque tenía que hacerlo o morir deseándola.

«No es ella», se dijo. «Es solo porque es una mujer, nada más».

Volvió a saborearle profundamente, para asegurarse. Tanto si le gustaba como si no, Atlas había estado viviendo como un monje más tiempo del que parecía posible. El celibato nunca le había atraído, pero se había convertido en lo que la cárcel le había hecho ser. La verdad era que ya no estaba seguro de que se lamentara por ello. Él era lo que era. Nada más.

Era la cárcel lo que hacía que Lexi supiera tan bien. Estaba seguro. Era la larga sequía lo que la había convertido en la bebida más dulce, en el vaso de agua perfecto. Llevaba tanto tiempo sin sexo que casi no podía procesar lo que estaba ocurriendo. Aquello era real y ella no era producto de la activa imaginación que había sido su consuelo durante una década.

Sin embargo, Lexi estaba allí y era un verdadero festín. Los sonidos que emitía lo enardecían, tan avariciosa y apasionada sonaba ella. Le hacía desear mucho más.

Lexi comenzó a agitarse debajo de él. Atlas no comprendió por qué hasta que levantó la cabeza para mirarla. La respuesta llegó a él como si se tratara de la bala de un cañón, atravesándolo por completo.

Deseo. Lexi estaba loca de deseo. Y él tampoco parecía poder saciarse de ella

La parte de él que no confiaba en nadie, y en ella menos todavía, tampoco se fiaba de aquella reacción. Sin embargo, la otra parte, la parte más dura de su cuerpo, no sentía reparo alguno.

Lexi sabía a gloria y él había dejado la gloria a un lado hacía mucho tiempo. Además, ella le enredaba las manos en el cabello y tiraba de él, algo que Atlas no se atrevía a cuestionar. Lo único que sabía era que quería más. Que necesitaba más.

Parecía que, después de sobrevivir a cosas que ningún hombre debería verse obligado a soportar, tenía que ser Lexi Haring quien lo ayudara a salir. Tenía que ser aquella hermosa mujer la que terminara con él y no porque hubiera conspirado contra él, como seguramente había hecho el resto de su familia, sino por su rendición.

La interminable y maravillosa gloria de su rendición. Eso casi le hizo desear ser un hombre diferente.

Sintió deseos de darse prisa, de arrojase sobre ella y de dejarse llevar hasta que estuviera saciado, pero había esperado tanto tiempo que, ¿qué importaba un poco más de autocontrol después de tantos años?

Por lo tanto, Atlas se tomó su tiempo. Se dijo que no era ella específicamente, pero la verdad era que le gustaba el hecho de que fuera Lexi. Lexi Haring, que se había convertido ya en Lexi Chariton. Suya para siempre, ella y los niños que engendraran juntos, mejor aún que el hecho de que fuera acompañada de todos los Worth...

Atlas la deseaba de todos modos, con los Worth o sin ellos. De hecho, mientras le besaba el elegante cuello y sentía como vibraba contra él, mientras saboreaba la delicada clavícula, no pensaba ni en su familia ni en su fortuna.

Le desabrochó el cuerpo del vestido y le dejó los pechos al descubierto. No recordaba la última vez que había visto unos senos tan perfectos, incluso dudaba que así hubiera sido. Lexi tenía unos senos altos, perfectamente redondeados, como si hubieran sido diseñados específicamente para llenar la palma de su mano. Tenía los pezones aterciopelados, de una tonalidad entre rosados y marrones y se le hacía la boca agua con solo pensar en saborearlos.

Ella se arqueó, levantándose hacia él para invitarle sin palabras. Atlas recordó que ella se había casado con él. Más que eso, le había devuelto el beso con la misma ferocidad que él sentía en su atormentada alma.

Por lo tanto, bajó la cabeza y se introdujo uno de aquellos dulces pezones en la boca.

Lexi era deliciosa. Su sabor superaba a su belleza. A Atlas le pareció que aquella imagen de ella, con la cabeza echada hacia atrás, los labios separados y el cuerpo arqueado para ofrecerse a él con el vestido de novia que él le había diseñado especialmente, le acompañaría para siempre. Sería parte de él, igual que lo eran los días de sufrimiento.

En aquellos momentos sufría también, aunque la agonía era mucho más tolerable.

Lexi empezó a contonearse debajo de él, jadeando suavemente mientras él jugaba con los perfectos y sensibles senos. Atlas deseaba dejarla completamente desnuda para apreciar los dones que ella podía ofrecerle y saborear mejor la belleza de su rendición, pero no había tiempo para eso. Aún tenía puesto el vestido de novia, pero él era un hombre de recursos.

La colocó de lado para volver a besarla y, al mismo tiempo, empezar a levantarle y a apartar la voluminosa falda blanca. En aquella ocasión, Lexi le besó con una salvaje y profunda desesperación que se adueñó de él.

Podía sentirla por todas partes. En su sexo, en el rugido de la sangre en los oídos, en las venas e incluso en su piel.

Las manos le temblaban cuando, por fin, las deslizó debajo de la falda y encontró la suave piel. Le acarició el muslo, sorprendido del modo en el que ella respondía y de lo aterciopelada que tenía la piel. Le parecía que no había tocado a ninguna otra mujer antes. La verdad era que, por supuesto, lo había hecho antes, pero todo era como si fuera un sueño de la vida de otro hombre completamente diferente.

Aquella mujer formaba parte del presente. Y era real. Todo sobre lo que estaba ocurriendo y sobre ella parecía ser completamente nuevo.

Entonces, encontró su calor.

Lexi llevaba puesta una minúscula braguita, tan pequeña que apenas lograba ocultar su feminidad. La acarició por el exterior y apartó la boca de la de ella para inclinar la cabeza y dedicarla a su nueva tarea. Oyó entonces los gemidos, los jadeos y los movimientos desesperados, como si ella ya no pudiera contenerse.

Lexi era como un sueño húmedo y Atlas volvía a sentirse como un adolescente. No quería despertarse.

Fue aprendiendo su contorno, acogiéndola en la palma de su mano y trazando la silueta de sus gruesos labios y el fascinante pliegue que hacían cuando ella los fruncía. Los sonidos que ella emitía lo catapultaban al paraíso, sobre todo cuando deslizó los dedos por encima del borde del encaje y los deslizó hacia el interior.

Aquello fue incluso mejor.

Lexi estaba caliente y húmeda y Atlas podía oler su excitación. Ansiosa por recibir sus caricias, ella levantaba las caderas para facilitarle el acceso, circunstancia que él aprovechó. Encontró el centro de su feminidad, húmedo y delicado, y lo acarició suavemente, como si estuviera aprendiendo por primera vez cómo era el cuerpo de una mujer. Y así era. Estaba aprendiendo el cuerpo de Lexi. Sus respuestas. Sus zonas erógenas. Su cuerpo entero.

Se inclinó sobre ella para tomar de nuevo un pezón y lo absorbió para introducírselo en la boca, chupando más fuerte de lo que era estrictamente necesario. Ella temblaba contra él, por lo que Atlas dio la vuelta a la mano y la hundió en su húmedo calor.

Lexi se echó a temblar. Se tensó y se sacudió, retorciéndose, gimiendo de placer. Atlas no se detuvo. Con la mano y la boca, siguió dándole placer, maravillándose de cómo ella alcanzaba el orgasmo una y otra vez.

Lexi era como un sueño hecho realidad y era suya. Completamente suya, para hacer con ella lo que le placiera.

La venganza, ciertamente, nunca había sido tan dulce. Dulce y apasionada, abierta a sus caricias como si no deseara nada más en el mundo que estar tumbada debajo de él y gozar de sus caricias.

Lexi tardó un tiempo en recobrar la calma. Atlas sacó los dedos por fin, pero la sostuvo con la palma de la mano, gozando al contemplar su dulzura. Por fin, ella abrió los ojos.

–Oh... –susurró con voz ronca por todos los gemidos de antes.

Al mismo tiempo, le acarició suavemente, necesitaba alivio muy pronto.

–Sí –murmuró él–. Oh.

–Bueno –dijo ella mientras se lamía los labios. Aquel inocuo gesto estuvo a punto de hacer que Atlas perdiera el control, como si se tratara de un adolescente–. Eso ha sido... No sé lo que ha sido.

–¿No?

Lexi se sonrojó. A Atlas le pareció una tonalidad de rojo encantadora. Seguramente por las circunstancias del momento, algo en él susurró que Lexi, después de todo, podría ser su muerte.

Apartó aquel pensamiento. No iba a verse afectado ni por el sexo ni por Lexi. Ella sería la que sufriría, no él.

–Atlas... –susurró ella. Fuera lo que fuera lo que ella quería decir, no quería escucharlo.

Aquello era sexo, nada más. Al menos para él. Había habido una época de su vida en la que no había mujer que no pudiera haber seducido si así lo hubiera deseado. Quería recuperar esa versión de sí mismo. El Atlas valiente y sin temor, el que había podido escapar de las garras de su padre y había podido alcanzar la vida que siempre había soñado. Sin límites. El mundo volvería a ser suyo con todos los que vivían en él si así lo deseaba.

Volvería a recuperar a ese Atlas o moriría intentándolo. Y si eso terminaba haciendo pedazos a la mujer cuyo testimonio lo había metido entre rejas, no iba a llorar al respecto.

Sin embargo, una parte de su ser le decía que estaba mintiendo. Prefirió ignorarla.

–Tranquila, tranquila –gruñó, tratando de sonar más fiero de lo que realmente se sentía–. Esa ha sido la parte más fácil.

Entonces, le mostró a lo que se refería.

Capítulo 8

FUE COMO un sueño.

Eso fue lo que Lexi se dijo, aunque sabía que jamás había tenido un sueño como aquel. Ningún sueño podría haber sido tan rico y detallado. El aroma de las flores del jardín que los rodeaba. El suave olor a cloro de la piscina y el sonido del agua lamiendo sus paredes.

El propio Atlas, que se apartó de ella para ponerse de pie junto a la hamaca sobre la que la había tumbado.

Lexi sabía que debía incorporarse, cubrirse, hacer algo que la devolviera a las buenas formas que estaba segura que había tenido hasta hace un rato. Sin embargo, no parecía poder moverse. Prefirió quedarse completamente inmóvil para observar cómo Atlas Chariton, su esposo, se desnudaba.

Sabía que debería decirle la verdad sobre la poca experiencia que en realidad tenía, pero no podía encontrar el valor para hacerlo. No parecía que aquel fuera el lugar idóneo para hablar de lo que habían sido los últimos diez años para ella, con la ausencia de Philippa y nada más que pena e ira por parte de su tío, que parecía gozar también presionándola. No le había apetecido en absoluto tener citas. Todo lo bueno y lo bonito parecía haber muerto con Philippa en aquella piscina y era también como si aquella parte de Lexi hubiera muerto allí.

Además, Atlas era una obra de arte.

No se fijó en dónde arrojó la ropa porque lo único en

lo que podía concentrarse era en la gloria de su intensa masculinidad, justo allí, delante ella. Le parecía que, durante toda su vida, había estado utilizando la palabra *hombre* incorrectamente porque, mientras Atlas se iba quitando el elegante traje, ella comprendió que debía volver a definir aquel término.

Dudaba que nadie pudiera tener aquella particular combinación de fuertes y esculpidos hombros, amplio torso y estrechas caderas. Un ligero vello negro le cubría los pectorales y se estrechaba en una fina línea, de la que ella no podía apartar la mirada, y que se dirigía hacia la parte del cuerpo de Atlas que resultaba más fascinante y más masculina.

–Me miras como si nunca antes hubieras visto a un hombre –le dijo Atlas con voz profunda.

Lexi se sonrojó, tal y como siempre parecía hacerlo con él. No sabía cómo responder. ¿Debería confesárselo o esperar tal vez poder ocultar su inexperiencia?

Estaba de pie, con la boca curvada en una misteriosa e irónica sonrisa que parecía conectar directamente con todas las sensaciones que ella estaba experimentando en el vientre. Parecían estar en una especie de esplendor, algo mágico que solo les pertenecía a ellos. Sin embargo, Lexi se recordó que aquella era su venganza.

Todo aquello era una venganza.

Aquella podría haber sido su noche de bodas. Podría haberse sentido más cuidada que nunca en toda su vida, pero lo único que indicaba ese hecho era el vacío que había tenido siempre en ese sentido por parte de su tío. La verdad era que no había nada bueno en aquello, ni en Atlas. Nada dulce. Nada de lo que estaba ocurriendo se debía a devoción o a amor. Tendría que encontrar la manera de no verse confundida por el fuego que la estaba devorando porque estaba segura de que Atlas no sufriría confusión alguna.

Era un hombre que había tenido más amantes de los que nadie podía contar, prueba de ello eran las interminables especulaciones que, desde siempre, habían hecho los tabloides sobre su vida privada. Él les había regalado casi todas las noches con una mujer diferente, normalmente famosa.

Acababa de salir de prisión. Seguramente se habría desahogado ya en los Estados Unidos después de que le soltaran. También estaba segura de que aquella noche de bodas no sería nada más que lo que le había repetido una y otra vez.

Sexo. Venganza y penitencia, por parte de Lexi por supuesto.

Sin embargo, si aquella era su penitencia, Lexi estaba dispuesta a pasarse mucho más tiempo de rodillas, algo que le resultaba muy sugerente cuando Atlas estaba de pie junto a ella, hermoso y brutal, centrado en ella como si no hubiera nadie más en el mundo para él que Lexi. Solo ella.

Y las sensaciones que acababa de experimentar gracias a él. Se sentía hecha pedazos. Destrozada. Rota más trozos de lo que era capaz de contar. Dudaba de que pudiera volver a unirlos, ciertamente nunca de modo en el que habían estado antes.

Ya se sentía cambiada. Permanentemente. Decidió que Atlas no se merecía saber la verdad sobre ella. Eso solo conseguiría que se sintiera más vulnerable. No creía que pudiera soportarlo.

Por lo tanto, lo miró a los ojos, esperando que su mirada resultara también desafiante.

–No –le dijo, con un tono de voz tan sarcástico como le fue posible–. Nunca me visto a ningún hombre, Atlas. Tú eres el primero –añadió con una sonrisa–. Enhorabuena. Después de todo, vas a pasar tu noche de bodas con una virgen.

Atlas la miró durante un instante con una mueca en los labios.

–Por supuesto –dijo por fin en un tono de voz que podría haber resultado divertido si hubiera sido más alegre, pero no lo era–. Tendría que haberme imaginado que te gustaría actuar un poco, Lexi *mou*. ¿Por qué no me sorprende?

Lexi tembló un poco, sorprendida porque parecía que lo había conseguido. Atlas pensaba que estaba bromeando.

–Bueno, ya sabes que soy muy creativa en todo.

–Ciertamente lo fuiste cuando testificaste en mi contra.

Lexi sabía que debía sentirse exactamente como se sentía, como si se hubiera quedado sin aliento, como si se hubiera caído de espaldas desde una gran altura y tuviera que permanecer allí tumbada, presa del pánico, esperando a ver si lograba volver a respirar.

Lexi sabía que Atlas quería que se sintiera así, por lo que no reaccionó, al menos no visiblemente. Sonrió. Se estiró sobre la hamaca, levantando los brazos por encima de la cabeza y arqueando la espalda un poco, como si nada le preocupara, como si fuera como había sido Philippa. Supo inmediatamente que había hecho lo correcto cuando él le miró los pechos y el deseo se dibujó en su rostro, como si no pudiera contenerse.

Después de todo, parecía que ella tenía también su pequeña porción de poder. Deseó que fuera así.

Atlas volvió a mirarla a los ojos y, cuando lo hizo, sus ojos ardían.

–Me parece que estás demasiado vestida...

Lexi esbozó una sonrisa y mantuvo los brazos por encima de la cabeza, tumbada allí descaradamente sobre la hamaca, imitando a Philippa en su descaro y despreocupación.

–En ese caso, deberías hacer algo al respecto, ¿no te parece?

Lexi habló como si fuera otra persona, como si fuera salvaje y libre, tal y como había sido Philippa, completamente diferente a la clase de persona que Lexi llevaba siendo los veintiocho años de su vida, primero como niña asustada, obligada a crecer demasiado rápido junto a sus padres drogadictos. Después, como la pariente pobre de su tío y de sus primos, oyendo cómo se le repetía continuamente que no era uno de ellos y que nunca lo sería. Obligada a dormir donde lo hacía el servicio, escondida.

Sin embargo, Atlas no tenía por qué saberlo. Se acababa de convertir en una persona lánguida, superficial. La persona que imaginaba que podía haber sido si las cosas hubieran sido muy diferentes.

A Atlas no pareció importarle si lo que veía era real o no, lo que consiguió que todo fuera más verdadero para Lexi. En vez de eso, la expresión de su rostro se hizo más intensa.

Volvió a acercarse a ella, se inclinó y comenzó a acariciarle los costados. Era como si estuviera tratando de ver cómo quitarle el vestido. Entonces, la agarró por los costados y la puso boca abajo.

Lexi se quedó sin aliento. Tal vez un poco mareada. No podía verlo, pero Atlas se hacía notar perfectamente. La tocaba por todas partes. Lexi sintió las manos en su cabello y comprendió lo que estaba haciendo. Estaba deshaciéndole el recogido. Después, las sintió sobre los hombros antes de ponerse a desabrocharle el vestido.

Lexi pensó que debería decirle algo, algo sofisticado y adecuado. Descarado. Algo que le hiciera creer de verdad que ella tenía tanta experiencia como estaba fingiendo tener. Sin embargo, le resultaba imposible. El deseo se había apoderado de su cuerpo hasta formar algo cálido y potente en su vientre. El único ruido era el del agua que se vertía en la piscina desde las fuentes que la alimentaban. Era como si estuviera sola en el mundo, sola con los latidos de su acelerado corazón y el sonido de su respiración, amplificado por el cojín que tenía contra el rostro.

Atlas era una especie de sombra por encima de ella y a su alrededor. Sentía sus manos contra la piel cada vez que desabrochaba otro botón. Avanzaba rápidamente, con decisión, desabrochando uno a uno los pequeños botones. De algún modo, cada botón que separaba le parecía una caricia.

Lo fue realmente cuando se movió encima de ella, estirándose, para poder besarle cada trozo de piel que había dejado al descubierto.

Lexi cerró los ojos y separó los labios. Le pareció imposible volver a cerrarlos porque le costaba respirar. A pesar de todo, no quería que aquello terminara. Quería permanecer presa de aquella tortura para siempre, sintiendo las cálidas manos, la boca, el exquisito calor y el peso del cuerpo de Atlas sobre su espalda.

De repente, Atlas volvió a moverla y ella sintió que le sacaba el vestido de debajo del cuerpo. Lexi abrió los ojos y vio que una gran nube de tela blanca aterrizaba a su lado, encima de las piedras. Cuando sintió que Atlas volvía a colocarse encima de ella, el corazón se le aceleró. Si podía ver el vestido, eso significaba que estaba desnuda debajo de él. Entonces, ya no le quedó duda alguna. Lo sintió por todas partes, estirándose encima de ella como un felino, sujetándola e inmovilizándola.

Que Dios la ayudara, pero nunca antes se había sentido mejor. Pensó que, tal vez, eso era lo que sentía cuando uno moría. Notó que el torso de Atlas se le pegaba a la espalda, notó la dureza de su cuerpo y se deshizo por completo debajo de él, como si ella fuera un trozo de metal que Atlas había colocado sobre el fuego. Relucía.

Atlas le besó la nuca e hizo algo con la lengua que

le dejó la mente en blanco mientras todo lo demás se tensaba. Fue una sensación deliciosa.

Un brazo fuerte le rodeó la cintura y la levantó hacia él. Entonces, Atlas se giró y los colocó a ambos de costado, sujetándola con fuerza entre sus brazos. Lexi sintió el fuerte muslo de él entre los suyos y notó cómo la cabeza se le caía sobre el fornido brazo, como si ya no pudiera levantarla por voluntad propia mientras que la boca de Atlas le realizaba letales movimientos sobre el cuello. Entonces, casi de un modo imposible, él le atrapó la boca.

Todo quedó sumido en una cálida oscuridad, en una nueva especie de locura a la que Lexi no estaba segura de poder sobrevivir. Sin embargo, tampoco le importaba.

Fue entonces cuando sintió que él le deslizaba la mano por el torso, probando el peso de uno de sus senos y luego el otro. Utilizó la palma para comprobar la forma de los pezones y los masajeó hasta que se pusieron erectos. Después, siguió bajando hacia el ombligo y luego un poco más abajo, hasta que encontró el borde de las braguitas de encaje que ella aún llevaba puestas. En aquella ocasión, no dudó. Habían terminado los juegos.

Deslizó la mano por debajo de la tela y encontró rápidamente el centro de su necesidad. Lexi habría supuesto que tardaría un tiempo en volver a despertar en ella el mismo fuego que antes, pero resultó que sabía muy poco sobre su propio cuerpo. O, al menos, lo que Atlas era capaz de hacer con él.

Lo único que hizo falta fue el roce de sus dedos contra su parte más sensible para que el fuego volviera a cobrar vida.

Atlas musitó algo contra su boca y le soltó los labios. A continuación, volvió a bajar la cabeza para dedicarle de nuevo al cuello su atención mientras no dejaba de acariciarle el centro de su feminidad. Entonces, dijo algo en griego. A pesar de que no comprendía las palabras,

Lexi imaginó lo que decía. Comprendió que era sexo. Oscuro, salvaje y peligroso.

Atlas movió la mano y ella sintió un tirón. Comprendió que él le estaba desgarrando las braguitas. Fue una muestra de fuerza bruta que él había realizado deliberadamente para recordarle...

Sin embargo, Lexi no necesitaba que le recordara nada. No sabía por qué, en vez de aterrarle o de disgustarle, aquello le hacía temblar de desesperación. Deseaba más. Lo deseaba a él.

Atlas le acarició el muslo y le empujó la pierna que quedaba encima hacia arriba y hacia fuera. Lexi le permitió que la colocara porque le gustaba. Se sentía sobre el filo de una navaja, en la que, cayera por el lado que cayera, se iba a cortar. Todo iba a cambiar para siempre. Y, seguramente, ella saldría con cicatrices. No obstante, no podía hacer que le importara.

Entonces, lo sintió. La gruesa y aterciopelada punta de su masculinidad allí, junto a su entrada. La respiración se le aceleró.

Atlas se echó a reír y, entonces, se irguió contra ella, apretando su masculinidad contra el lugar más sensible de ella. El más húmedo. El más caliente.

Lexi dio las gracias por estar de espaldas a él, porque la sensación era abrumadora. El hecho de que la estuviera sujetando en una postura tan incómoda, con una pierna levantada y completamente rodeada por su cuerpo, atrapada al cien por cien y controlada entre sus manos, la abrumaba. Sentía demasiado. Lo sentía todo. Sentía cosas y lugares a los que nunca había prestado atención antes y todos y cada uno de ellos eran más salvajes que el anterior.

Pensó que tal vez podría haberle detenido si pudiera ver lo que hacía. Si él no se hubiera mostrado tan decidido para asaltar su cuerpo. No lo hizo particularmente rápido ni duro, pero fue implacable al mismo tiempo.

Esperó que algo se desgarrara, tal y como había leído en mil libros. Le pareció escuchar algo, pero no sintió dolor y fue más bien como un pellizco íntimo. Entonces, un dolor sordo. Como Atlas no le podía ver el rostro, se permitió reaccionar. Cerró los ojos y apretó la boca contra el cojín, para que no pudiera emerger ningún sonido.

Él siguió apretándose contra ella. Más y más profundamente, tanto que esperó que la atravesara, pero, sin embargo, Atlas la llenó por completo. Profundamente y a lo ancho. Imposible.

Lexi no había experimentado algo parecido en toda su vida. Nada podría haberla preparado para lo que sintió. Ni libros, ni películas, ni programas de televisión... Nada. No había música que los acompañara ni que los ayudara a crear ambiente.

Solo había carne. La suya y la de él. La fuerza de Atlas, sus músculos y el inexorable deslizamiento de la penetración. Podía oler su perfume y el aroma de su masculinidad y eso inflamaba sus sentidos aún más al notar las diferentes texturas de su cuerpo. La dureza del vello de sus muslos, del torso. La suavidad de la piel donde no había pelo. Los brazos de acero que la rodeaban y el torso de granito apoyado contra su espalda.

Lexi era como una muñeca que él podía mover a su antojo y ella no sabía por qué aquella sensación le gustaba, pero así era. Por fin, estuvo completamente dentro de ella, tan profundamente que Atlas solo se detuvo cuando ella sintió la punta de su masculinidad contra su cuerpo. Se sentía completa e incómodamente llena. Llena de él.

–¿Te encuentras bien? –le preguntó. Su voz sonaba diferente a la de antes. Parecía asombrado. Lexi casi podría haber dicho que...

No tenía sentido. Ella sintió un nudo en la garganta, algo parecido a un sollozo, porque le dolía. Se trataba de un dolor sordo, de un calor, que su cuerpo no era capaz de procesar. Sin embargo, decidió que prefería estar muerta antes de que él lo supiera. Prefería morir antes de que él se enterara de su dolor porque sabía que eso era precisamente lo que Atlas quería.

–Nunca he estado mejor –consiguió decir apretando el rostro contra los cojines.

Atlas se movió y trasladó la mano que le había colocado en el muslo para guiar su entrada a la entrepierna de Lexi. Ella tuvo que morderse los labios para no gritar cuando él volvió a acariciarle de nuevo la feminidad con los dedos.

No podía procesar las sensaciones. Se sentía abierta y, sin embargo, aquella mano le acariciaba su parte más necesitada y avariciosa. Durante un instante se tensó, como si su cuerpo tuviera planeado expulsarle sin pararse a pensar en lo que ella deseaba. Sintió incluso que los ojos se le humedecían y que se vertían para dejar marcas sobre sus mejillas.

Sin embargo, se negó a romperse. A rendirse. No quería darle aquella satisfacción cuando ya le había dado todo lo demás.

Por eso, en vez de tratar de zafarse de él, de aliviar la presión, comenzó a moverse. Movió las caderas hacia los lados, para luego empezar a trazar pequeños círculos, aterrada, tratando de hacer algo, lo que fuera, para aliviar ese dolor.

Oyó que él exhalaba. Estuvo a punto de detenerse, porque pensaba que había hecho algo mal o que incluso le estaba haciendo daño, pero justo cuando empezó a cambiar lo que estaba haciendo, sintió que la presión se aliviaba. Cambiaba. La presión comenzó a transformarse en deseo.

Por eso, se movió un poco más. Hacia un lado, hacia el otro, hasta que encontró una manera de rotar las caderas que le permitía sentirlo plenamente. Incluso se retiró un poco para volver a empujar hacia atrás. Eso le provocó fuego en el cuerpo, pero resultaba mucho más agradable que las llamas.

–Me estás matando –le susurró Atlas al oído.

Entonces, él se hizo de nuevo con el control. Lexi se sintió muy aliviada por haber conseguido transformar aquel intenso dolor en algo mucho más agradable y apasionado porque Atlas no le dio respiro.

La sujetó con fuerza contra su cuerpo y le pellizcó el sensible botón que ella tenía entre las piernas con los dedos. Entonces, comenzó a moverse. Con cada envite, se retiraba para luego volverse a hundir dentro de ella con fuerza. Le hizo perder la cabeza. Le enseñó cosas que ni siquiera sabía cómo nombrar. Le enseñó la diferencia que había entre un poco de calor y un fuego incontrolable y arrasador. Y lo hizo una y otra vez, tal y como le había prometido.

El mundo pareció desmoronarse. La venganza y la lujuria desaparecieron, engullidas por aquellas llamas. Necesidad y miedo, soledad y esperanza. Todo empezó a arder.

Fue como un bautismo, completo y total. Lexi se perdió en él, en el éxtasis que sentía, en el alocado infierno que Atlas había creado entre ellos con cada uno de sus movimientos. Fue como si no hubiera fronteras entre ellos, como si fueran uno, oscuro y salvaje, apasionado y avaricioso, moviéndose juntos en un delirante concierto que una parte de Lexi no deseaba que terminara nunca.

En aquella ocasión, cuando Atlas le hizo alcanzar el clímax, fue duro y rápido, como una explosión en vez del lento desmoronamiento de la vez anterior. Lexi se arqueó y creyó gritar. Entonces, él salió de ella mientras todo su cuerpo se tensaba.

Tan solo fue capaz de emitir un ligero sonido de protesta, pero entonces, sintió que él la colocaba de espaldas y que volvía a tumbarse sobre ella, colocándose entre las piernas y penetrándola una vez más. De aquella manera, fue aún más intenso. Más profundo. Más fuerte.

Ella nunca salió de aquella explosión. Se prolongó mucho tiempo mientras Atlas se hundía en ella una y otra vez. Fue hermoso, alocado, inspirándola a ella a levantar las caderas para recibir cada uno de sus envites. Una y otra vez.

Cuando llegó a la cima del placer, gritó con fuerza, sin dejar lugar a dudas de lo que acababa de hacer. Oyó que Atlas rugía su nombre, junto a su oído, cuando se vertió dentro de ella.

A Lexi le sorprendió lo mucho que deseaba creer que aquello podría ser algo más de lo que en realidad era. Que lo que acababan de hacer podría ser auténtico y no una venganza.

Sin embargo, sabía que no era así. Lo sabía muy bien. Durante un instante, aplastada debajo de él, con Atlas aún dentro de su cuerpo, Lexi se olvidó que era una Worth y que él era el hombre que había prometido destruirlos a todos. Se olvidó de recordarse que aquello era lo que ocurría cuando un hombre apasionado pasaba muchos años en la cárcel y que no tenía nada que ver con ella.

Se olvidó de protegerse.

En vez de eso, se aferró al hombre que era su esposo, sin importarle las circunstancias de su matrimonio y fingió que aquello era real.

Que los dos eran reales y que el único hombre al que había amado tal vez podría sentir lo mismo por ella.

Capítulo 9

LEXI se sentía completamente atónita.

Era consciente de que Atlas había salido de ella y que se había apartado de su cuerpo, pero no era capaz de recobrar completamente la consciencia. Después de un rato, no supo cuánto, fue siendo consciente de su propia y acelerada respiración. Luego, se dio cuenta de que estaba acurrucada sobre sí misma, desnuda y que seguía tumbada sobre la hamaca de la piscina.

Tenía aún los ojos cerrados porque no sabía cómo funcionar cuando se sentía tan profundamente cambiada, alterada de dentro a fuerza.

No había esperado que el sexo fuera así, tan... arrollador. No había esperado que se adueñaría por completo de ella, que la transformaría por dentro y fuera, haciéndola sentir como si su piel fuera nueva, como si nunca más volviera a ser la Lexi que había sido antes de que aquello ocurriera. Nunca más.

Lo más extraño de todo era lo poco que aquel pensamiento la disgustaba.

Oyó un débil movimiento y abrió los ojos. Vio que Atlas se estaba acomodando en una hamaca junto a la de ella, por lo que se puso de costado. Quería apartarse, aunque tal vez no. Le gustaba tocarle. De hecho, se podía decir que más que gustarle le encantaba tocarle, aunque lo de tocarle fuera secundario, porque le hacía sentirse plena.

Decidió no darse la vuelta, pero se arrepintió de no haberlo hecho cuando vio el modo en el que Atlas la miraba. Ella trató de darse la vuelta entonces, pero la dura mirada del rostro de él se lo impidió. Permaneció tumbada, sin moverse, conteniendo el aliento, mientras él extendía una mano y le deslizaba el pulgar por debajo del ojo.

Estaba húmedo. Atlas se miró el pulgar y luego le dedicó a Lexi una mirada acusadora.

–Admito que hacía mucho tiempo –dijo.

–Estoy segura de que te acostaste con todas las mujeres que pudiste encontrar en cuanto saliste de la cárcel –le espetó Lexi, porque se sentía a la defensiva.

–Nada me habría gustado más –replicó Atlas–, pero tenía otras preocupaciones. Así que mis recuerdos de la última vez se remontan a una década. Sin embargo –añadió levantando con gesto arrogante las cejas–, estoy esperando a que me digas que me lo he imaginado.

–¿El qué has imaginado?

–Te lo diré una vez más –afirmó con un tono letal que hizo que Lexi se sonrojara–. No soporto las mentiras. Ni por omisión ni descaradamente en mi cara. Las odio. No voy a tolerarlas. Es mejor que lo recuerdes, esposa mía.

–No me has hecho ninguna pregunta –replicó Lexi esperando sonar más convincente de lo que sentía–. ¿Cómo te podría haber mentido?

De repente, Lexi odió el hecho de estar desnuda. Se sentó y se frotó el rostro para apoyarse sobre el respaldo y alejarse de él todo lo que le fuera posible. Tenía la sensación de que debía levantarse, pero no lo hizo. Atlas era un hombre muy alto y corpulento y a ella le daba la sensación de que él no tenía intención alguna de dejar que Lexi pusiera distancia entre ellos.

Esa sensación le creó un nudo en el pecho. Se llevó

las rodillas al pecho y trató de convencerse de que era una armadura adecuada.

–Tienes aproximadamente tres segundos para contarme la verdad –gruñó él.

–Todo contigo es teatro –le espetó ella–. Si ya lo sabes, ¿por qué montas este espectáculo?

–Dos segundos.

Lexi frunció el ceño.

–No creo que sea necesario que trates de intimidarme.

–Un segundo, Lexi –anunció él con un gesto cruel en los labios–. Y no estoy tratando de intimidarte. Ya deberías estar intimidada. Debería ser como una gran y pesada piedra apretándote contra el suelo. Y, mientras tratas de recuperar el aliento, señorita, deberías contemplar exactamente que lo que hiciste es lo que nos ha traído hasta aquí.

Lexi respiró profundamente.

–Sí, Atlas –afirmó tratando de sonar tranquila–. Era virgen. ¿Estás ya satisfecho?

El rostro de él pareció ensombrecerse aún más. Parecía haber una tormenta en su oscura mirada. Lexi odiaba que él tuviera razón. Después de todo, le parecía tener una piedra sobre el pecho impidiéndole respirar.

–¿Y cómo diablos ha ocurrido eso?

Su voz sonaba profunda y ronca, acusadora. Debería haberla acobardado, pero, por el contrario, la hizo sentarse mucho más erguida. Después de todo, ya estaba desnuda. Literalmente. ¿Acaso se podía ser más vulnerable?

–¿La virginidad? –le preguntó secamente–. Bueno, Atlas tal vez, mientras estabas en la cárcel, apartado del mundo durante tanto tiempo, se te ha olvidado, pero en realidad se trata de más bien de que algo *no* ha ocurrido.

Atlas apretó la mandíbula.

–Te aconsejo que te lo pienses bien antes de ser tan descarada.

–Te contaré una historia, ¿quieres? –le preguntó Lexi fingiendo que el tono de advertencia que había utilizado Atlas no le había hecho ningún daño.

Lexi se sentía literalmente desgarrada. Aún podía sentirlo dentro de su cuerpo, en lo más hondo e íntimo de su ser, en el lugar al que nadie había accedido nunca. Se sentía alterada y cambiada. Sentía que los ojos amenazaban con llenársele de lágrimas y solo pensar que podría llorar delante de él la abrumaba. Tenía la respiración entrecortada y los senos le dolían y aún sentía los últimos coletazos de una fuerte sensación de plenitud.

Además, todo lo ocurrido le había fortalecido. Ya no le preocupaba darle voz a las cosas que normalmente se habría tragado.

–Había una vez una niña que se llamaba Lexi –le dijo como si Atlas no le diera ningún miedo–. Cuando tenía ocho años, su maravilloso y amable tío la salvó de una casa llena de drogadictos. Diez años después, la única amiga que tenía en el mundo resultó asesinada. O tal vez murió. Las circunstancias no están claras.

–La gente se ahoga –le espetó él. Sus palabras sonaron como balas y su mirada fue aún peor–. Las circunstancias no estuvieron claras cuando testificaste que una conversación que escuchaste sin permiso y sacaste de contexto me convirtió a mí en un asesino.

Lexi se quedó sin palabras, pero trató de sobreponerse.

–Esa no es la historia que estoy contando.

Los ojos de Atlas se oscurecieron.

–¿Por qué no? La contaste muy bien hace diez años, tanto que me arrebataste una década de mi vida.

Ella había tratado de disculparse en la cochera y no se había molestado en intentarlo otra vez, no cuando él la miraba como si quisiera hacerle pedazos, y no del modo en el que lo acababa de hacer, con el sexo.

Ella siguió hablando.

–Durante aquellos años, la niña de la que estamos hablando sintió que no le quedaba más elección que tratar de ocupar el lugar de la amiga y prima que había perdido –prosiguió Lexi afrontando la mirada de acusación de Atlas con la suya propia–. Se convirtió en la hija perfecta, aunque no tenía padre. En la hermana más de fiar de todo el mundo, aunque no tenía hermanos. Trabajó horas extras en el negocio familiar, aunque nunca jamás se le permitió imaginarse siquiera que podría formar parte de aquella familia.

Había querido que aquellas palabras sonaran bruscas, duras, pero una vez más tenía un nudo en la garganta y las palabras salieron cargadas de emoción. No obstante, ya no se podía detener. Inclinó la cabeza y se negó a apartar la mirada del hombre que con tanta desaprobación la observaba. El hombre que había estado dentro de su cuerpo. El hombre con el que había cometido la locura de casarse.

–Y, sorpresa sorpresa –prosiguió con el mismo tono de voz–, en todo ese tiempo, por tratar de vivir dos vidas a la vez y hacer ambas tan bien que, de algún modo, compensara todo lo que había perdido, nuestra heroína no tuvo tiempo de salir con nadie.

Atlas la estudió durante más tiempo del necesario, como si ella fuera un espécimen bajo el microscopio.

–No se requiere salir con alguien para echar un polvo, Lexi –le dijo él horriblemente–. ¿Has oído hablar alguna vez de las aventuras de una noche?

–Vaya –replicó ella entre dientes–. Ya sabía yo que se me había pasado algo....

–Creía que me habías dicho que eras una zorra.

Lexi levantó la barbilla y trató de ignorar todos los oscuros sentimientos que se despertaron en ella al escuchar aquellas palabras.

–Ahora me siento como si lo fuera. Supongo que ese era el plan.

Si Atlas hubiera sido otro hombre, Lexi podría haber descrito la expresión que se dibujó en su rostro como... perdida. Casi se atrevió a esperar que podría haber vuelto a encontrar al hombre que recordaba y que, sin duda vivía aún dentro de él.

Sin embargo, se trataba de Atlas. No había nada perdido en él. Como para desafiarla, Atlas se puso de pie y ella lo devoró con la mirada a pesar de sí misma, como si su belleza masculina no tuviera nada que ver con el modo en que él la estaba removiendo por dentro. Como si no estuvieran conectados, cuando ella sabía que la verdadera tragedia era que los dos formaban parte del mismo paquete.

Ella había sido virgen. Atlas era el único hombre que la había tocado y ella no veía cómo se podía esperar que no mirara la parte del cuerpo de él que hacía poco había estado profundamente dentro de ella.

Estaba aún algo erecto y era tan grande que Lexi sintió que abría los ojos y experimentaba de nuevo el deseo en su interior.

–Esto no cambia nada –dijo Atlas con una nota de finalidad en la voz que hizo que Lexi se tensara al mirarlo.

El modo en el que él la miró, como desdeñándola, le dolió. Lexi decidió que no podía soportarlo ni un momento más, desnuda y expuesta. Se agachó y agarró lo primero que encontró en el suelo, junto a la hamaca. Su vestido de novia. Se lo colocó, cubriéndose con aquella tela tan delicada y suave porque no podía soportar los ojos negros de Atlas sobre su cuerpo ni un momento más.

–Me alegro de que pienses así –dijo ella con la voz aún afectada, aunque trataba de disimularlo–. Estoy segura de que para ti es cierto, pero no creo que puedas decidir lo que esto cambia o no cambia para mí.

–No me importa lo que cambie en ti –le respondió él fríamente. Después del fuego que habían compartido, de la pasión, aquellas palabras le dolieron como una bofetada a Lexi.

No le cupo la menor duda de que había sido un golpe deliberado. Atlas la estaba poniendo en su lugar de una vez por todas. Se odió a sí misma por permitir que eso le doliera.

Sin embargo, había comprendido por fin los detalles de la venganza que él le tenía reservada de un modo que jamás había comprendido antes. Atlas la utilizaría y la rompería en tantos trozos que a ella le resultara absolutamente imposible recomponerse.

Atlas había dicho que era una venganza íntima y, en cierto modo, ella se había aligerado de no haber sabido antes qué era lo que significaba. Si lo hubiera sabido, ¿habría sido capaz de casarse con él o habría preferido huir antes de someterse a él? No lo sabía. Resultó que no sabía nada.

Excepto una cosa.

Atlas jamás podría saber la verdad de los sentimientos que tenía hacia él. No podría saber nunca que lo que había sentido por él no había sido un enamoramiento adolescente, sino que siempre había sido mucho más.

Nunca.

–Quieres destruirme –susurró. Se odió cuando lo dijo como si se lamentara de ello.

Atlas se limitó a quedarse de pie, observándola. No parecía tener pena alguna por ella. Era cruel. De acero y piedra. Su rostro no reflejaba nada más que oscuridad.

–Sí, Lexi –dijo él con voz tranquila y resuelta–. Pensaba que lo comprenderías. Cuando haya terminado contigo, no quedará nada.

–Atlas...

–Nada –insistió él más suavemente en aquella ocasión–. Soy tu esposo. Te entregaste a mí ante Dios y ante tu tío. Y yo te juro que eso será tu final. Trozo a trozo, Lexi, hasta que no quede nada.

–Atlas –susurró ella. Sabía que le estaba revelando demasiado. En realidad, le estaba mostrando todo–. Debes saber que nunca tuve intención de hacerte daño. Solo conté lo que vi. Lo que oí.

Lenta, muy lentamente, la cruel boca de Atlas frunció una de las comisuras. Lexi sintió que el alma se le caía a los pies cuando se dio cuenta de que le estaba dando precisamente lo que él quería.

–Te prometo una cosa –afirmó él con la mirada llena de crueldad y satisfacción–. No hay manera de que puedas pagar la deuda que tienes conmigo, aunque dejaré que lo intentes, Lexi *mou.* Te dejaré que lo intentes una y otra vez. Cuanto más lo intentes, más duro te parecerá. Peor será. Y cuanto más lo hagas, más desearás haber podido pensar alguna vez que podrías traicionarme y salir indemne.

Lexi se dio cuenta de que estaba agarrando la tela del vestido con los puños apretados.

–¿Indemne? –susurró ella. Estaba demasiado atónita como para gritar. No quería moverse por miedo a que las piernas no la sostuvieran–. ¿De verdad crees que alguno de nosotros puede escapar y menos aún salir indemne?

–Recuérdame dónde estuviste tú encarcelada.

–Sé que jamás podré comprender lo que es pasar

tanto tiempo en la cárcel –consiguió decir ella–, pero no eres el único que sufrió. Por si no te has dado cuenta, vivir aquí diez años tampoco ha sido un camino de rosas.

–Estoy seguro de que sufriste mucho, sí –dijo Atlas con un desdén que no se esforzó en absoluto por ocultar–, pero, a menos que hayas estado en una cárcel todo ese tiempo, permíteme que no derrame lágrimas por ti.

–No se trata de una competición. No tienes ni idea de cómo ha sido mi vida.

–No me importa.

La simple y cruel ferocidad de aquel comentario dejó a Lexi sin palabras. Se quedó en silencio. La sonrisa que Atlas le dedicó fue poco más que una mueca, como si hubiera sido la de un lobo.

Lo que ella no podía comprender era cómo había podido pensar que la situación podría ser diferente. Ni siquiera durante un segundo. Tampoco sabía lo que iba a hacer con su pobre y magullado corazón.

–Bienvenida a tu nueva vida, Lexi –le dijo duramente Atlas–. Espero que te duela.

Con eso, se marchó, dejándola allí, completamente destrozada.

En trozos.

Tal y como le había prometido.

Capítulo 10

ELLA no se rompió.

A lo largo de las siguientes semanas, Atlas fue muy duro con Lexi porque odiaba la parte de su ser que la había saboreado y había llegado a pensar que debía darle inmunidad sobre lo que había hecho. O peor aún, su perdón.

Se sentía abrumado y, por eso, no le dio respiro.

La trasladó desde su cochera hasta la elegante ala de la mansión que se utilizaba como cuartel general de Worth Trust y la instaló en el despacho que había frente al suyo para poder observarla a través de las paredes de cristal. Mejor aún, sorprenderla a ella observándole a él.

Durante el día, la trataba como si fuera una empleada más. Era mejor jefe que esposo, porque, por la noche, la trataba como si fuera suya, como si Lexi estuviera en la Tierra tan solo para complacerlo a él.

Otro hombre lo habría llamado luna de miel. La poseía en todas partes. En el coche, en todas las habitaciones de su casa, una y otra vez en la cama que compartían, hasta que ella se desmoronaba sobre él, completamente agotada y muerta para el mundo.

La poseía tantas veces que Atlas podría haberlo llamado compulsión si no hubiera tenido ya una palabra mucho mejor que esa. Venganza.

Fue venganza cuando la obligó a cabalgar sobre él hasta que ella sollozó. Fue venganza cuando la poseyó otra vez en medio de la noche, desesperado por volver a estar dentro de su cuerpo. Fue venganza cuando se duchaba con ella por las mañanas y el jabón sobre su cuerpo le resultaba una tentación imposible de resistir.

No hacía más que decirse que era venganza, porque era lo único que le permitía ser. Venganza era la razón por la que estaba allí. Venganza era la única razón por la que se había casado con ella. Venganza era la única explicación que aceptaba.

Durante el día, se contenía. Le resultaba fácil. Había vuelto a trabajar en Worth Trust, con todo lo que había disfrutado en su antigua vida y con muy poca resistencia. Atlas sabía por qué. Sabía que Richard Worth no le habría entregado tan fácilmente las riendas de su imperio si no tuviera miedo de lo que podría pasar si no lo hacía

Sin embargo, no había razón alguna para emitir acusaciones cuando no tenía más pruebas de lo bien que conocía a Richard. Al menos, aún no.

Resultaba más fácil dejar que el tiempo pasara, recopilar pruebas poco a poco, apretar el nudo lentamente.

Mientras, esperaba que el inevitable cuchillo volviera a clavársele en la espalda.

A la luz del día, resultaba fácil ver a Lexi como la enemiga que sabía que era. Pero por la noche, las cosas se complicaban. Cuando estaban solos en casa, él solo era un hombre y ella la mujer a la que no podía dejar de tocar.

–No soy una muñeca –le dijo ella una de esas noches, cuando Atlas no había podido evitar saborearla en el coche mientras se dirigían a casa y entraban en el dormitorio. Había hecho que el servicio le organizara un nuevo vestidor allí, de manera que se pareciera al taller de la diseñadora que le había confeccionado el vestido de novia. Había vestidos a un lado, trajes al otro, accesorios por todas partes...

–Puedo vestirme sola, muchas gracias.

Atlas pensó que, al principio, la voz de Lexi era más dura cuando se dirigía a él. Más brusca. A lo largo de aquellas semanas juntos, había cambiado. Era más suave, más dócil de todas las maneras que a él le gustaban más.

Incluso en momentos como aquel, cuando le fruncía el ceño y tenía los brazos cruzados sobre el pecho y la espalda muy recta.

–Eres mi esposa –respondió él–. Puedes vestirte como quieras. ¿Por qué lo haces como si fueras una triste oficinista que tiene un mal gusto innato por las ropas bonitas? No lo sé, pero no importa –añadió indicando las elegantes y glamurosas prendas que había por todas partes–. Deseo que mi esposa se vista así.

–Supongo que te darás cuenta de que todo lo que acabas de decir es ofensivo. Incluso insultante.

–Pues tendrás que hacerte más dura, Lexi *mou* –sugirió él perezosamente, aunque no apartó la mirada de él durante un momento–. O jamás podrás sobrevivir a esto.

–Pensaba que de eso se trataba precisamente –replicó ella–. Va a ser más difícil convertirme en polvo bajo tus pies si soy lo suficientemente dura como para sobrevivir al impacto.

Atlas la tomó entre sus brazos. Sus manos contra la piel de ella susurraban todas las verdades que él no quería afrontar.

La noche era una mentirosa y él se negaba a permitir que le convirtiera a él también en lo mismo.

Por eso, cada mañana se recordaba que aquello no era más que la venganza que había ansiado durante tanto tiempo. Las señales que le estaba enviando a Lexi eran las adecuadas. No sentía nada y, mucho menos, vergüenza. Ni la preocupante necesidad de protegerla de todo, incluso de sí mismo

Mientras tanto, Atlas se enfrentaba al resto de la familia Worth con muchísima más alegría.

Gerard era el único de todos que no era totalmente inútil. Atlas le permitió seguir con el marketing y gozó con el hecho de que el mayor de los Worth tenía que informarle directamente a él.

Demasiado placer, tal vez.

Otros miembros de la familia no tenían tanta suerte.

–No puedes despedirme –le había dicho Harry muy enojado una mañana. Habían pasado casi dos meses desde la boda y Atlas se sentía bastante caritativo.

Tenía que ver con el modo en el que su hermosa esposa se había arrodillado en el suelo de la ducha aquella mañana para darle placer con la boca. Le había hecho gritar tan alto en el orgasmo que sus gemidos habían resonado con fuerza entre sus paredes. Aquella era la única razón por la que había permitido que tuviera lugar aquella reunión. Se había sentido tan relajado que incluso había permitido que Harry entrara a su despacho y se sentara en vez de hacer que el personal de seguridad lo echara a la calle.

–Y, sin embargo –le había replicado él viendo cómo se enrojecía el rostro de Harry–, creo que ya habrás descubierto que sí puedo.

–¡Pero soy un Worth! ¡Este lugar me pertenece por derecho!

–Me imagino que esa es la única razón por la que te he permitido entrar en este despacho –comentó Atlas mientras se encogía de hombros–. Hace diez años no trabajabas para mí, Harry. No sé por qué piensas que puedes hacerlo ahora cuando has hecho tan poco desde entonces.

–Canalla...

–Si yo fuera tú –le espetó Atlas con voz dura y gélida–, me volvería a sentar antes de que yo te obligue. A la fuerza.

Harry se sobresaltó, como si no se hubiera dado cuenta de que se había puesto de pie.

–Maldito seas –gruñó después de un instante, como si hubiera estado recopilando sus pensamientos–. ¿Dónde se acaba todo esto? ¿Acaso no fue suficiente con lo que le hiciste a Philippa? ¿Acaso tienes que torturarnos también a los demás?

–¿Sabes lo que significa la palabra «exonerado»?

–Tuviste que ser tú –le acusó Harry.

Había algo diferente sobre el modo en el que había pronunciado aquellas palabras. Atlas tardó un momento en darse cuenta de que Harry no estaba bebido o, al menos, no de un modo evidente. Estaba segura de que era la primera vez que lo había visto sobrio desde su regreso–. Tuviste que ser tú. No había nadie más allí.

–A excepción de tu prima –le recordó Atlas–. ¿Acaso estás sugiriendo que mi esposa mató a tu hermana?

Harry se pasó las manos por el rostro.

–Por supuesto que no...

–Por mucho que yo disfrute culpándole de todos los problemas de esta familia, creo que recordarás que ella también tenía una coartada, ¿verdad?

Harry pareció verdaderamente sobresaltado.

–Yo no maté a mi propia hermana.

–Yo tampoco –afirmó Atlas levantando una ceja–. Se atragantó. No hay duda al respecto. Se atragantó y cayó a la piscina inconsciente, no había tenido alguna posibilidad de sobrevivir al atragantamiento. Lo único que me hizo entrar a mí en escena fue el testimonio de Lexi. De lo contrario, estoy seguro de que los testigos que me vieron en el pueblo habrían bastado para descartarme. Hay pruebas físicas, después de todo.

–No sé por qué me estás contando todo esto. Lo sé.

–¿Estás seguro? Porque parece que tienes dudas. De nuevo.

–Tuviste que ser tú –volvió a decir Harry, pero no había ira en sus palabras. En realidad, parecía triste.

Sin embargo, Atlas se negó a sentir pena por él. O por ninguno de los demás. Eso tan solo conducía a la locura y, sin duda, a otra estancia en una prisión diferente en el momento en el que bajara la guardia.

–Y el hecho de que creas que soy un asesino a pesar de las pruebas que demuestran lo contrario –dijo él tranquilamente–, es la razón por la que no puedo tenerte en este despacho. Supongo que lo comprenderás.

–Soy Harry Worth –exclamó–. Llevo trabajando para la familia...

–Verás, ese es el problema. En realidad, no trabajas nada –comentó Atlas sacudiendo la cabeza–. En cierto modo, te tengo pena. Nunca tuviste una oportunidad, aunque recuerdo que tenías una buena suma de dinero a tu nombre. Podrías vivir de los intereses durante el resto de tu vida, lo que significa que no hay razón alguna para que yo tenga que tolerarte. Puedo conseguir que unos niños hagan lo mismo que tú haces aquí y mucho mejor.

Harry parpadeó.

–¿Y qué se supone que tengo que hacer?

Atlas lo miró sin expresión alguna en el rostro.

–Ese no es mi problema.

Horas más tarde, no le sorprendió que Richard fuera a verle también a su despacho.

–¿Qué imagen crees que da que despidas a uno de mis hijos de su propio negocio familiar? –le preguntó.

Atlas disfrutó contestándole.

–En realidad, no me importa.

–Pues debería importarte. Este tipo de cosas hace que parezca que tienes algo que ocultar.

–¿Sí? –preguntó Atlas mientras observaba atentamente a Richard–. ¿No parece que, por fin, estoy sacando la basura de los armarios?

La verdad fue que despedir a Harry no le hizo sentirse tan bien como él había esperado. No resultó tan satisfactorio como habría imaginado que sería. Ciertamente, eran negocios y, por lo que sabía, Harry no había trabajado en toda su vida una jornada laboral completa. Como mucho, habría tratado a Worth Trust como una especie de extensión de su vida privada de soltero juerguista. Se había pasado algunas tardes, se había sentado en su escritorio para solo Dios sabía qué durante un par de horas y se había pasado el resto del tiempo asistiendo a las fiestas a las que la familia era invitada como acaudalados miembros de la alta sociedad británica. Nada más.

No había razón alguna para que Atlas se sintiera preocupado por la decisión que había tomado, sino tan solo razones para sentirse victorioso de haberse librado por fin de uno de los Worth. Una espina menos de la que preocuparse.

–Creía que querías que esto fuera una familia –le dijo Lexi aquella misma noche mientras estaba sentada muy rígida a su lado, en el asiento trasero del coche.

Iban a un evento benéfico y esa era la única razón por la que Atlas no había tratado de aliviar ya sus contradictorios sentimientos al respecto con el delicioso cuerpo de su esposa.

–Soy un hombre de familia –le dijo Atlas en tono irónico–. Lo descubrirás cuando empecemos la nuestra.

No había hablado de aquella parte del plan con Lexi, pero sospechaba que ella ya lo sabía. Después de todo, ella era virgen antes de casarse con él y Atlas no había utilizado preservativo en ningún momento.

–Todo el mundo sabe que Harry es un lastre –repuso ella mirando por la ventana.

Atlas la miró. Le había parecido que ella sonaba triste y eso le escocía, pero se recordó que era precisamente así como él la quería. Era parte del plan. Nada más.

–Sin embargo –añadió–, me parece que el hecho de despedir a uno de los dos hermanos Worth no hace otra cosa más que hacerte parecer vengativo.

Atlas le tomó la mano. Se dijo que solo lo hacía para intimidarla. Que por eso jugueteaba con sus dedos, uno a uno. Por intimidación.

–Soy vengativo.

–Por supuesto, pero no estoy segura de que haya ningún beneficio en parecerlo a ojos del mundo entero.

–¿Estás defendiendo a Harry cuando él no ha hecho nada en toda su vida más que acosarte?

–Esa palabra es un poco fuerte.

–Vaya, lo siento. Estoy seguro de que cuando te dijo que eras una empleada más, lo hizo de un modo muy cariñoso.

Lexi se volvió para mirarlo. Atlas no comprendió por qué aquella gélida mirada pareció atravesarle hasta los huesos.

–Harry es Harry.

–Un borracho, querrás decir. Todo nariz roja y beligerancia.

Ella levantó un hombro y luego lo dejó caer.

–¿De verdad quieres funcionar a este nivel?

Aquel comentario le corroyó por dentro, pero no podía volver a afrontarlo a menos que admitiera que le molestaba y eso no lo consentiría nunca.

Atlas Chariton no sentía. Estaba forjado de fuego y rabia y así era como le gustaba. Se negaba a sentir culpabilidad, vergüenza o preocupación por estar convirtiéndose en lo que más había odiado él mismo años atrás.

Se negaba a sentir nada.

Entonces, se encontró en medio de la pista de baile, al ritmo de un vals y rodeado por las mismas personas que habían aplaudido cuando él fue arrestado y que, seguramente, volverían a hacerlo si la policía se presentara allí mismo para llevárselo de nuevo. Hacía un mes, ese pensamiento le habría resultado divertido. Aquella noche no, pero no quería pensar al respecto. Después de todo, se suponía que él gozaba con la oposición. No quería encontrar que, después de todo aquello, le cansaba.

«Esto es una locura», se dijo. «¿Qué diablos te está ocurriendo?».

Para no tener que contestar, prefirió centrarse en su esposa.

Aquella noche, había algo diferente en ella, aunque Atlas no sabía exactamente de qué se trataba. Su rostro parecía más dulce, más suave. Era como si reluciera, aunque no parecía haberse maquillado de un modo diferente. Atlas la hizo girar sobre la pista de baile y no le sorprendió descubrir que era una excelente bailarina, que suavizaba la brusquedad de los movimientos de Atlas con la perfección de sus pasos, a pesar de que mantuviera la mirada perdida en algún lugar por encima del hombro de su esposo.

A él le pareció que el gesto era desafiante.

–¿Qué hay de diferente en ti esta noche? –le preguntó en voz baja.

Acababan de terminar el vals, pero él no la soltó cuando empezó la siguiente canción. Atlas sintió que el pulso se le aceleraba y vio que ella lo miraba brevemente antes de volver de nuevo a apartar la mirada. La expresión de su rostro permaneció impasible, fría e impenetrable.

–¿Diferente en qué sentido? –le preguntó ella sin mucho interés, el mismo de si estuvieran charlando sobre las posibilidades de lluvia aquella noche–. Me he casado hace poco. Tal vez te hayas enterado.

–Qué aburrido... No es a lo que me refería, como creo que sabes.

–También he sido virgen hasta hace muy poco –añadió ella en el mismo tono distante–. Tal vez sea eso lo que ves. ¿Acaso ahora ya soy una zorra?

Atlas reflexionó sobre lo poco que le gustaba aquella palabra cuando ella la utilizaba.

–Creo que no.

En aquella ocasión, cuando ella lo miró a los ojos, no apartó los suyos.

–Dime por qué –le exigió, con un brillo en los ojos que a él no le importó–. ¿Porque tú eres el único hombre con el que me he acostado? ¿O porque las mujeres casadas, por definición, no pueden ser unas zorras? Ah, ya lo sé. Tengo protecciones internas anti-zorra que solo tú ves.

Atlas guardó silencio durante un largo instante. No le gustaba la sensación tirante que sentía en el pecho.

–Esta es una extraña manera de tratar de desafiarme, Lexi. ¿De verdad se trata de una discusión que deseas ganar?

–Creo que es una buena pregunta –replicó ella–, una pregunta que tal vez quieras preguntarte uno de estos días antes de que sea demasiado tarde.

–No sé qué es lo que quieres decir.

–¿No? –repuso ella mientras le apretaba ligeramente la mano durante un instante. Allí volvía a estar ese algo que Atlas no era capaz de definir. De algún modo, ella parecía brillar más y, sin embargo, lo miraba con algo que él se sentía tentado a calificar como desesperación–. ¿Qué ocurre si tú ganas, Atlas, si consigues todo lo que quieres? ¿Qué pasa entonces?

–En ese caso, gano –dijo él mirándola con asombro y arrogancia a la vez–. Después de todo, ese es el objetivo.

–¿Y entonces qué?

–¿No hemos hablado ya de esto? Después de que todos hayáis sufrido durante diez años, yo empezaré a pensar que todos habéis pagado vuestra deuda. No antes.

–¿Y eso cómo es? –le preguntó ella con fiereza–. ¿Necesitas sangre de verdad? ¿Vergüenza? ¿Escarmiento público? Estoy tratando de comprender dónde está tu objetivo.

–Está en donde yo diga.

Ella apretó con fuerza los labios.

–Es decir, a mí se me va a castigar con el sexo de por vida.

Atlas se echó a reír. Aquella sensación le gustaba mucho más.

–No estoy seguro de que alguien que tiene tantos orgasmos como tú pueda considerar que eso es un castigo.

–Ya sabes que Harry es un inútil –dijo ella entre dientes. Atlas tardó un instante en darse cuenta de que estaba verdaderamente agitada–. Está siempre borracho y es cierto que, a menudo, es un provocador. La realidad es que no es nada más que un despojo de hombre con muy pocas perspectivas y demasiado dinero. No es un digno rival para ti, Atlas, pero eso no te ha impedido aplastarlo.

–No creo que aliviarlo de un trabajo que no valoraba pueda ser aplastarlo.

–Claro que sí –rugió ella entre dientes, como si no se pudiera creer que él había dicho algo así–. Su contribución a Worth Trust tal vez no haya significado nada para ti, pero era lo único que él tenía.

–Estoy asombrado por tanta compasión –dijo él ácidamente–. Tanta preocupación por alguien que nunca ha sentido nada ni remotamente parecido por ti. Nunca.

–¿Crees que un poco de compasión sería dañina para ti? –le preguntó.

Atlas dejó de bailar. Se detuvo con ella entre sus brazos en medio de la pista de baile. Por una vez, no le importó quién estuviera observándolos ni lo que pudieran pensar al respecto. Solo le preocupaba que su esposa lo estaba mirando como si estuviera desilusionada con él.

No se trataba de que él fuera su peor pesadilla. Atlas estaba acostumbrado a eso. Aquello era peor. Aquello le hacía sentir todas esas sensaciones complicadas e imposibles que se decía que no era capaz de sentir. No sentiría nada.

Pensó que una parte de su ser la odiaría por ello.

–¿Desde cuándo te preocupa tanto lo que le ocurra a Harry? –le preguntó en voz baja para que nadie pudiera escuchar lo que decía.

–No me preocupa –respondió ella con voz tensa–. Solo estoy tratando de establecer unas bases. ¿Hay algún miembro de esta familia que no vayas a tratar de aplastar con el tacón de tu zapato? ¿Están a salvo de tu ira los hijos de Gerard? ¿Lo está alguien?

–Deberías preocuparte un poco menos de ellos y un poco más de ti.

–Tomaré eso como un no –concluyó ella.

Atlas debería haber sentido aquella respuesta como una victoria, como un nuevo triunfo que añadir a la lista. Sin embargo, se sentía intranquilo. No comprendía por qué.

Lexi se apartó de él y se marchó al tocador. Cuando

salió, estaba mucho más dócil. Charló amigablemente con todos los que se reunían con ellos. Posaba para las fotografías. Sonreía. Reía

Atlas no se lo creía.

Más tarde aquella noche, la hizo gritar de placer. Le sujetó las manos por encima de la cabeza a la amplia cama que compartían y la mantuvo excitada mucho, mucho tiempo. Le hizo sollozar una y otra vez, gritar su nombre.

Le dio placer una y otra vez. La hizo suplicar. Le gustaba y ella era magnífica, pero no le bastaba

Nunca le bastaba con nada.

La venganza solo podía ser eso, venganza. Se hundió una vez más en ella y se vertió en su cuerpo. Entonces, la tomó entre sus brazos y volvió a comenzar, como si él fuera el que estaba haciendo penitencia.

Al día siguiente, no le pareció raro que ella le dijera que no se encontraba bien. Lexi le dijo que le dolía la cabeza y se quedó en la cama en vez de acompañarlo a la ducha.

Atlas se lo permitió, pero cuando llegó a casa por la noche, Lexi no estaba. Hasta que no se hizo demasiado tarde, no empezó a darse cuenta de que ella no iba a regresar. Parecía que se había atrevido a abandonarlo para siempre. No se había llevado nada de lo que él le había regalado. Solo las cosas que ella había llevado a la casa. Su ropa vieja y algunos libros. Nada más.

A la mañana siguiente, cuando estaba preparando una respuesta a gran escala que estaba seguro de que a su esposa no le gustaría, una de las mujeres del servicio doméstico fue a verlo.

–Pensé que debía saberlo, señor –le dijo la mujer.

–¿Saber qué? –le espetó él tratando de no sonar tan enfadado como se encontraba.

–Lo encontramos en la papelera del cuarto de baño

de uno de los cuartos de invitados –le explicó la mujer–. Nosotras no miramos la basura, por supuesto, pero se cayó cuando las estábamos vaciando.

–¿Qué fue lo que se cayó?

–Esto.

La mujer extendió la mano y le ofreció algo. Atlas tardó unos instantes en comprender de qué se trataba y lo que significaba. Parpadeó. No era posible.

Se trataba de una prueba de embarazo y, en la ventanilla, aparecía unas inconfundibles líneas azules.

–Se trata de una prueba de embarazo, señor –le dijo la mujer por si él no se había dado cuenta aún de lo que ocurría.

Lexi estaba embarazada. Los unía a los dos de un modo completamente nuevo y ligaba así la sangre de Atlas a las de los Worth para siempre, tal y como él había querido. Sin embargo, se había marchado sin compartir con él aquella noticia.

–Y que sea enhorabuena, señor. Es positivo.

Capítulo 11

HACÍA años que Lexi no había estado en Martha's Vineyard, diez años para ser exactos. Se había marchado de allí después de que condenaran a Atlas y jamás había imaginado que regresaría. Nunca había deseado regresar al lugar que le producía unos recuerdos tan dolorosos, llenos de fantasmas y de detalles sobre aquel último verano y todo lo que había ocurrido desde entonces.

La verdad era que no había deseado necesariamente que le ocurrieran las cosas que le habían acontecido durante los dos últimos meses, aunque eso no significaba que los rechazara totalmente. Se llevó la mano al vientre mientras conducía su coche de alquiler desde el puerto en Vineyard Haven hacia Edgartown. Le parecía que ya notaba un cierto abultamiento. Una pequeña indicación de la vida que crecía en su interior.

Descubrir que estaba embarazada lo había cambiado todo.

Había ocurrido muy rápido después de la noche del baile benéfico. Había sospechado algo desde hacía una semana antes. Se había levantado cuando aún estaba oscuro en el exterior y había ido a uno de los cuartos de baño para invitados, en una planta diferente de la casa, para que Atlas no tuviera ni idea de lo que estaba ocurriendo incluso si se despertaba y veía que ella no estaba en la cama. Había seguido las indicaciones al pie de la letra, temerosa de que, si cometía el más mínimo error, la prueba no sería segura. Unos minutos más tarde, apareció el resultado. Unas líneas azules que demostraban que su vida jamás volvería a ser la misma.

Comprendió entonces los dolores de cabeza, el hambre insaciable y la sensación de hinchazón por todas partes.

Estaba embarazada.

Mientras estaba allí, con la prueba en una mano y rodeada del silencio que reinaba en la casa de Atlas, fue como si el tumulto de las últimas semanas cristalizara allí, ante ella. Tiró la prueba a la basura e incluso la envolvió en papel higiénico para engañar a los ojos curiosos. No se sentía presa del pánico ni trató de encontrar febrilmente la manera de reaccionar ante aquella noticia.

Fue como si ya lo supiera. Como si la prueba hubiera sido un momento de claridad. Una confirmación que la animó a reaccionar.

Lo hizo con rapidez porque Atlas tenía el sueño muy ligero y temía que se despertara en cualquier momento. En vez de regresar al dormitorio principal, bajó a la planta baja y fue a buscar su ordenador a la biblioteca, donde recordaba haberlo dejado. Compró un billete de ida a Boston; el avión despegaba a primera hora de la mañana. Parecía evidente que Massachusetts sería el último lugar de la Tierra en el que cualquier miembro de la familia Worth querría regresar, así que parecía lógico pensar que sería el último lugar de la Tierra en el que pensarían en buscarla.

Cuando terminó de reservar el billete, regresó al dormitorio y se metió en la cama, donde Atlas estaba extendido como el titán del que tomaba su nombre. Lexi incluso consiguió dormir un poco.

Sus sueños fueron caóticos. Colores brillantes y emociones intensas. Todas las cosas que habían estado dando vueltas en su interior y a las que ella había tenido miedo de enfrentarse directamente. Amor. Pérdida. El deseo interminable de muchas cosas que no podían ser.

Atlas la despertó unas horas más tarde del mismo modo que siempre. Ella odió el hecho de que, a pesar de haber visto las cosas con claridad, todo le resultara tan duro, que hubiera una parte de ella que no quisiera aceptar lo que sabía que era cierto. Atlas era incapaz de sentir las cosas que ella sentía. La prisión le había arrebatado aquella capacidad o tal vez nunca la había tenido.

Lexi sabía quién era. Vivía en su casa, bajo su mandato. Había estado trabajando a su lado todos los días desde la boda. Sabía cómo pensaba, cómo reaccionaba y cómo consideraba las cosas. Más que eso, lo conocía del modo más íntimo posible. No había parte de su cuerpo que él no hubiera explorado con las manos, con los labios, con la lengua e incluso con los dientes, eso por no mencionar la otra parte más peligrosa de él.

Ella le había explorado del mismo modo, a pesar de que él le había dicho una y otra vez que el único fin para todo aquello era su propia destrucción. Era como si Lexi no pudiera contenerse. La destrucción resultaba demasiado placentera.

Lo que Lexi no podía comprender era cómo Atlas era capaz de atraerla del modo en el que lo hacía, incluso la mañana en la que pensó abandonarle. A veces, ella pensaba que le amaba más en los momentos en los que él bajaba la guardia. A primera hora de la mañana o a última hora de la noche, cuando sus ojos negros, de algún modo, parecían más suaves. Cuando no llevaba despierto el tiempo suficiente como para hundirse de nuevo en su venganza y en sus estrategias.

En esos momentos, el hombre que la miraba era completamente diferente. El hombre que siempre había imaginado que era, no el que ella sabía que era en realidad. Tal vez no era de extrañar que su pobre corazón estuviera tan confuso.

Sin embargo, aquella noche había encontrado por fin el valor que le había faltado todo aquel tiempo. Le dijo una excusa para conseguir que Atlas le permitiera no ir a trabajar. Cuando él se hubo marchado, se levantó de la cama, metió las pocas cosas que eran suyas en una bolsa y salió corriendo de aquella espectacular mansión blanca. Mientras se dirigía rápidamente a la estación de metro de Sloane Square tuvo que enfrentarse a la parte de su ser que había esperado, en lo más hondo, que él hubiera adivinado lo que ocurría y que apareciera delante de ella para suplicarla que no se marchara.

Sabía que eran fantasías. Atlas tan solo buscaba la venganza. Él mismo se lo había reconocido desde el principio. Era culpa de Lexi haberse enamorado de él hacía tanto tiempo y no poder dejar de amarlo.

No le dijo a nadie que se marchaba de Inglaterra sin intención de regresar. No había razón alguna para seguir fingiendo que sus parientes tenían el más mínimo interés en ella como persona. Suponía que eran sus únicos parientes, su sangre, pero iba a tener un bebé y estaba decidida a que su hijo tuviera una familia.

Una familia de verdad.

Si esa familia tenía que ser pequeña, si tenía que ser solo ella, así sería. Se aseguraría hasta el fin de que su bebé nunca tuviera razón para creer que la vida no era maravillosa.

Le sorprendió lo fácil que le resultó marcharse.

«Podrías haberte ido en cualquier momento», le dijo una voz en su interior mientras el metro la llevaba hasta el aeropuerto de Heathrow. «El momento en el que terminaste tus estudios. En cualquier instante a lo largo de los últimos diez años. Antes de la boda. Sin embargo, no querías hacerlo, ¿verdad?».

La verdad era que una parte de su ser no quería meterse en aquel avión. Quería darse la vuelta y regresar a la casa de Atlas para fingir que jamás había intentado abandonarle. Esa parte pensaba que un poco más de tiempo y un poco más de amor podría salvarles a ambos.

Sin embargo, ella sabía que no era así.

Tras montarse en el avión, atravesó el océano como había hecho muchas otras veces antes, aunque nunca sola. Alquiló un coche en Boston y se dirigió a cabo Cod, donde pasó la noche en un cómodo hotel cerca del mar. A la mañana siguiente, tomó el ferry hasta Martha's Vineyard.

La isla era tan hermosa como la recordaba, tal vez aún más. Era un bonito día de primavera y, mientras conducía, podía ver el mar, azul y profundo, por todas partes. Gozó con aquellas vistas. Por fin, llegó a Oyster House. Abrió las verjas para entrar y volvió a cerrarlas a sus espaldas con la misma combinación que aseguraba las verjas de la casa desde que era niña. Entonces, comprendió por qué había ido allí.

El bebé que crecía en su interior era el futuro, pero, para darle a su hijo todo lo que se merecía, Lexi tenía que encontrar el modo de desprenderse del pasado.

Mientras se acercaba a la gran casa que se extendía por un acantilado, comprendió que hasta que no encontrara la manera de asimilar lo que ocurrió allí hacia diez años, no conseguiría avanzar. Sería como los demás, como Atlas. Estaría corriendo en círculos sin llegar a ninguna parte.

El problema era que no sabía cómo romper aquel círculo.

Pasó la primera noche acurrucada en posición fetal en la casa en la que nadie había entrado desde hacía diez años. Todo estaba sucio y polvoriento. Resultaba extraño, porque ella la recordaba con las ventanas abiertas y el sol entrando a raudales, resonando con la risa de Philippa. No había electricidad, pero eso no la detuvo. Recorrió las habitaciones con una vieja linterna que encontró en la cocina y durmió en una de la tercera planta, la que Philippa y ella habían compartido durante todos aquellos largos veranos. En aquella habitación esperaba poder aceptar la verdad.

Echaba mucho de menos a Philippa, eso era cierto. Sin embargo, había otra oscura verdad. Una verdad que jamás le había contado a nadie.

La noche en la que Philippa murió, Lexi había estado muy enfadada con ella. Dolida. Celosa.

Eso la hizo sentirse como un monstruo.

En aquella habitación, en la misma cama, muchos años más tarde, miró las estrellas y susurró:

–Lo siento, Philippa.

Se colocó las manos sobre el vientre y se disculpó también en silencio. Su primera reacción al encontrar a Philippa en aquella piscina había sido de shock. De terror. De angustia. Sin embargo, antes de lo que quería admitir, había recordado la conversación que había escuchado entre Philippa y Atlas y allí era donde había fallado a su prima. Su única amiga en el mundo.

Incluso entonces, a sus dieciocho años, consciente de que estaba destinada a una vida en las sombras, Lexi había estado celosa. Terriblemente celosa de que Philippa, o al menos así había sugerido la conversación, tuviera algún tipo de relación con el hombre al que Lexi llevaba tanto tiempo amando desesperadamente.

Tal vez si hubiera sido más sincera desde el principio, la policía habría encontrado al verdadero asesino. Tal vez si no hubiera estado tan obsesionada con Atlas, no habría esperado a decirle a su tío lo que había escuchado. Tal vez si hubiera sido mejor para con Philippa, si hubiera amado a su prima y mejor amiga más que a sus propios sentimientos heridos, se podría haber evitado todo aquello. En vez de huir cuando escuchó aquella conversación cerca de la piscina, podría haber dado un paso al frente, haberse sentado y haberse unido a ellos. Y, tal vez, Philippa seguiría con vida.

No lo había hecho. Lexi había estado demasiado ocupada lamentándose y llorando en la almohada. Las consecuencias habían sido terribles para todos ellos.

¿Era Lexi la razón por la que el asesino de Philippa aún seguía suelto?

No podía estar segura, pero allí, acurrucada en aquella habitación, recordó todos los momentos felices de su infancia al igual que los peores y trató de encontrar la paz por lo que no había hecho.

Al día siguiente, salió a dar un paseo. Dejó que el mar y el sol la tranquilizaran y se permitió hablar con los fantasmas que la perseguían por todas partes por las que iba. Los recuerdos, dulces y dolorosos a la vez. De un modo u otro, estaba decidida. Cerraría aquel libro y seguiría con su vida. Si no podía hacerlo por Philippa o por sí misma, tenía que hacerlo por su hijo. Lo sabía.

Al tercer día, mientras caminaba por la parte del jardín que se dirigía desde la casa hacia el mar, sintió una extraña sensación. Cuando levantó la mirada, como si lo hubiera conjurado desde lo más profundo de su corazón roto, vio a Atlas.

Se dijo que debía de estar alucinando. Que no era más que otro de los sueños que la despertaban en medio de la noche, tan real que parecía poder tocarlo si extendiera la mano. Era imposible que él estuviera allí.

Parpadeó, pero Atlas no desapareció. Estaba allí, a pocos metros, mientras el viento los envolvía a ambos como en una caricia, aderezada con el potente olor del mar.

Atlas tenía un aspecto oscuro y sombrío, pero demasiado hermoso, como si ella le hubiera conjurado desde una de sus fantasías más salvajes. El viento le revolvía el cabello. Le extrañó a Lexi que llevara unos pantalones informales, algo caídos por las caderas, y una fina camiseta que ceñía su atlético y esculpido pecho como si fuera una amante. Nada de traje, tal y como solía vestir. Sin embargo, de algún modo, a los ojos de Lexi, parecía más poderoso que de costumbre.

–¿Cómo me has encontrado? –le preguntó ella suavemente.

Durante un instante, pensó que la brisa le había robado sus palabras y que se las había llevado hacia el mar, pero no. Notó que Atlas las había escuchado. Inclinó la cabeza hacia un lado ligeramente mientras la observaba. Parecía estar tratando de contener la ira. Algo en el interior de Lexi se revolvió. Y se echó a temblar.

–Hay una cosa que deberías saber –respondió. Su voz sonaba diferente. Más dura–. Te encontraré siempre. No hay lugar en la Tierra en el que te puedas esconder de mí, Lexi. Debería haber sido evidente.

–Lo que es evidente es que tendré que encontrar una manera mejor de dejarte –replicó ella levantando la barbilla–, porque, a menos que me encierres en una celda, Atlas, te voy a dejar. Ya te he dejado.

–Eso no ocurrirá nunca.

Atlas dio un paso hacia ella y acortó rápidamente la distancia que los separaba. El corazón de Lexi comenzó a latir a toda velocidad. Sintió también que se le humedecían las palmas de las manos y que el vello se le ponía de punta. Atlas no parecía él mismo. Parecía... salvaje, como si fuera otra persona.

–Dime –añadió mientras se colocaba al lado de ella–. ¿Y mi hijo?

Lexi se estremeció al escuchar aquellas palabras.

–Ah, sí, mi engañosa esposa –le espetó él con la mirada tan negra como la noche–. Lo sé todo.

Capítulo 12

LEXI tragó saliva. No le pareció que las piernas fueran a seguir sosteniéndola, pero hizo lo posible para ignorarlo. Estaba totalmente concentrada en Atlas. Atlas, a quien nunca había visto antes de aquella manera.

–¿Por eso has venido hasta aquí? –preguntó ella–. ¿Para seguir reclamando lo que crees que te pertenece?

–¿Por qué no? –admitió él. Estaba demasiado cerca. Su masculinidad la envolvía por todas partes–. ¿Acaso un hombre no puede reclamar a su hijo?

–*Mi* hijo –repuso ella–. Y no, no puedes reclamarlo. No puedes tenerlo. Ya tienes peones más que suficientes. Piezas de ajedrez de sobra para moverlas por tu tablero hasta que las aplastes a todas. No necesitas también a este niño.

Atlas se echó a reír, aunque no de un modo que sugiriera que lo había encontrado divertido. Entonces, se apretó con los dedos de una mano entre los ojos. Parecía estar tratando de contener su ira.

–No creo que puedas imaginarte siquiera que te voy a permitir alejarme de mi hijo –le dijo con frialdad y dureza.

En aquel momento, algo se rompió dentro de Lexi. O tal vez ya había estado roto antes. Tal vez era ella la que había estado hecha pedazos hasta que una prueba de embarazo la había ayudado a sanar.

De repente, se sentía una persona completamente diferente. Ya no tenía miedo. Ya nadie podía acobardarla o intimidarla. Ni los Worth, ni su tío y mucho menos aquel hombre, que se había casado con ella para destrozarla noche tras noche mientras hacía todo lo posible para no darle absolutamente nada de sí mismo.

Lexi estaba cansada de no recibir nada.

–Mira dónde estamos –le dijo con dureza. Ya no le quedaba nada que perder o, mejor aún, ya no había nada que quisiera de él. Lo único que podría querer de él era algo que Atlas era incapaz de darle a nadie.

Por fin lo había comprendido.

–La poesía del momento no se me ha escapado –replicó Atlas.

–Me alegro que te resulte poético. A mí me resulta triste. Es como si el tiempo se hubiera detenido. Hace diez años, todos nos vimos empujados a una pesadilla de la que no hemos conseguido salir desde entonces,

Lexi levantó una mano y golpeó a Atlas con un dedo en el pecho. Volvió a hacerlo una vez más. Su arrogancia ya no la intimidaba. ¿Qué podría hacerle que no le hubiera hecho ya?

–No pienso criar a un niño en este espectáculo terrorífico –afirmó ella con solemnidad–. Ya he tenido más que suficiente. No queda ya nada que pagar. Perdóname si quieres, o si lo prefieres no me perdones. No me importa. Puedes quedarte con todo el dinero que yo nunca supe que tuve. Tampoco me importa eso.

–¿También estás por encima de eso? Eres una santa, Lexi. Una verdadera mártir –comentó él con un tono muy desagradable.

–¿Por qué iba a quererlo? Está manchado de sangre. Mi madre murió por todo ese dinero. Philippa también. Tú fuiste a la cárcel también por ese dinero. ¿Quieres saber lo que quiero yo de ese dinero? Verme libre de él de una vez por todas. Y también de toda esa horrible y retorcida gente que lo acompaña.

–Debe de ser estupendo sentirse tan superior como te sientes tú.

–No quiero nada de esto –insistió ella lanzando las palabras como si pensara que podría hacerle daño con ellas–. No quiero nada.

–Mi corazón sufre por ti, de verdad –comentó él–, pero me temo que no puedo darte lo que pides. Eres mi esposa y estás embarazada de mi hijo. No puedes huir de ninguna de esas dos cosas.

–¿Por qué me quieres a tu lado? –le preguntó Lexi con la voz más afectada de lo que hubiera querido–. Has completado tu venganza. Has recuperado tu antiguo trabajo y le has dejado claro a todo el mundo que te conoce que has vuelto para dirigir tu pequeño imperio. Me imagino que sientes un enorme placer por haber despedido a Harry, quien seguramente beberá hasta morir. Has hecho que Gerard se sienta sobrepasado y has arruinado los planes de Susan de pertenecer a la alta sociedad al reducir la fortuna a la mitad con la que ella creía haberse casado. Sin duda, mi tío no puede dormir por las noches horrorizado por todo esto, pero más concretamente, por el hecho de que eres pariente político suyo. ¿Qué más puede haber?

Atlas torció la boca con un cruel gesto.

–Ya te lo dije. Diez años de sufrimiento.

–Los últimos dos meses han sido esos diez años concentrados en sus días y sus noches.

–Qué gracioso –comentó él con su característica y terrible mirada–. No fue esa la impresión que me dio todas y cada una de las noches, cuando sollozabas mi nombre como si fuera un dios.

–Llevo toda mi vida enamorada de ti.

Lexi no había tenido la intención de confesar lo que

acababa de gritarle, pero ya no importaba. No había necesidad alguna de seguir fingiendo. Ya no, cuando todo había terminado.

–Incluso cuando me dijiste lo que querías, me imaginé que las cosas podrían ser diferentes, que había algo de todo esto que te importaría, pero no es así. Lo único que te importa es tu maldito orgullo.

–¿Qué es lo que has dicho?

–He dicho que lo único que te importa es tu maldito orgullo. Todo tiene que ver con eso. No intentes engañarte de que pueda ser otra cosa. Tu orgullo está herido y no te culpo. Nadie te culpa. Ni siquiera soy capaz de imaginarme lo que es pasar por todo lo que has pasado tú y no tengo ni idea de cómo vas a superarlo, pero todo este plan tuyo... ¿Quedarte con todo? ¿Hacernos pagar a todos, pagar, pagar, pagar? –observó sacudiendo la cabeza consciente de que estaba a punto de sollozar–. Philippa era mi amiga. Yo la quería mucho. Ella era la única persona en el mundo que me quería a mí y murió sola y asustada. ¿Sabes por qué?

–Porque alguien la mató. Y creo que tú sabes quién fue. En lo más profundo de tu ser, siempre lo has sabido. Yo lo sé.

–Esto no tiene nada que ver con tus habilidades para la investigación, Atlas –le espetó Lexi–. Murió sola porque yo se lo permití. Porque oí que ella tenía una intensa conversación contigo sobre vuestra relación y me dolió –añadió mientras se apretaba el pecho con el puño cerrado con mucha fuerza–. Jamás me perdonaré por eso, por haber huido y haberme escondido como una niña. Por no haber salido a buscarla antes, cuando no regresó a la habitación. La dejé allí sola toda la noche. ¿Qué habría ocurrido si yo hubiera salido y me hubiera mostrado en medio de vuestra discusión?

–Llevas diez años malinterpretando esa conversación –rugió Atlas, pero el volumen de su voz no asustó a Lexi. Ya nada la asustaba–. No había nada entre Philippa y yo. Nunca lo hubo, a excepción de los sueños de tu tío sobre una pequeña dinastía que él pudiera controlar. ¿Sabes sobre qué estábamos discutiendo aquella noche?

–Sí. Ella rompió vuestra relación y tú...

–No había relación, Lexi –gruñó Atlas–. Tu tío quería que nos casáramos, pero Philippa se negó y sí, yo estaba furioso con ella. Siempre supe que el matrimonio era la manera de entrar. No se me ocurría ni una sola razón para decir que no. Pero ella sí.

–¿El qué? –preguntó Lexi. Estaba totalmente fuera de sí, de un modo del que se lamentaría cuando estuviera más tranquila. A ella no se le ocurría ni una sola razón para rechazar a Atlas.

Después de todo, ni siquiera lo había hecho a pesar de saber perfectamente bien que él se casaba con ella por su propio interés.

–Te ocultaste y escuchaste la conversación, ¿no? En ese caso ya lo sabes.

Claro que lo sabía. Se había sentido atónita y furiosa cuando escuchó que Philippa lo decía porque no podía entenderlo. Atlas le había ofrecido a Philippa todo lo que Lexi había pensado que quería.

–Ella dijo que no te amaba.

–Así es. Yo pensé que ella estaba de broma. ¿Qué tiene que ver el amor con nada?

Aquellas palabras fueron como un golpe seco, totalmente dirigido al estómago. Le arrebató la ira y la furia como si él le hubiera dado una patada en las rodillas.

–Eso precisamente es la razón por la que no me puedo quedar contigo, Atlas. No puedo.

Algo pareció romperse dentro de él, allí, delante de los ojos de Lexi mientras ella le observaba. Los ojos oscuros de Atlas relucían con algo demasiado oscuro, demasiado tormentoso como para ser genio, pero el gesto que apareció en su rostro fue más parecido a la... angustia.

–Qué conveniente –le dijo como si le arrancaran las palabras–. Qué amor tan profundo y tan comprometido Lexi. ¿Estás segura de que es *amor* la palabra que deberías utilizar para describir algo así?

–¡Llevo amándote desde siempre! –le gritó, sin importarle que toda la isla pudiera escucharla, aunque sabía que no sería así. A su alrededor, no había nada más que cielo, mar y gaviotas.

–En todo caso, amas lo que te hago. Te doy buen sexo, eso es todo. Creo que tal vez estás confundiendo el sexo con el amor. Ocurre de vez en cuando, en especial a las vírgenes que no conocen otra cosa.

–¡No te atrevas a despreciar lo que siento!

–¿Es esto lo que llamas amor? –le preguntó Atlas abriendo las manos de par en par, como si esperara que el mundo entero, y no solo Lexi, le respondiera–. Nunca has hablado al respecto. Ni siquiera has sugerido absolutamente nada. En vez de hacerlo, sales huyendo de mí y haces todo lo posible para robarme a mi propio hijo sin intención de decirme siquiera que existía en primer lugar. ¿Es eso lo que tú consideras amor? ¿Y te atreves a decírmelo aquí y comportarte como si yo fuera el que tiene problemas?

–¡No soy yo la que ha dedicado su vida a un alocado plan de venganza!

–Nunca he fingido ser un buen hombre –replicó Atlas. Su voz era tan urgente como oscura y la mirada de sus ojos igualaba aquella sensación–. Sin embargo, sí soy un hombre de palabra. No miento, Lexi. Jamás te he mentido.

–Enhorabuena –contestó ella, aunque ya no le arrojaba las palabras como si fueran balas–. Me prometiste que no sentiría nada más que dolor. Y yo te creí.

–Dime qué es lo que te he hecho que sea tan odioso –gruñó él mientras se inclinaba sobre Lexi y acercaba peligrosamente su rostro al de ella–. Dime qué he hecho para merecerme esto.

–Tú...

–He herido tus sentimientos –le respondió Atlas–. Y, a cambio, tú has decidido ocultarme tu embarazo, dejar el país y comportarte como si no te hubiera dejado elección.

–¿Acaso me diste elección a mí? –le preguntó Lexi. Se sentía rota y apesadumbrada al mismo tiempo–. Sin embargo, no se apartó de él. Al contrario, una parte de ella gozaba con su cercanía, incluso en aquellos momentos. Incluso a pesar de que todo se había terminado entre ellos–. Me dejaste perfectamente claro que no la tenía.

–Te dije muchas cosas –protestó Atlas– y, sin embargo, todas las noches, allí estaba yo, castigándote con mil orgasmos. Ay, sí. Te he usado terriblemente. Lo que debes de haber sufrido. Una y otra vez. Una y otra vez...

–Me disculpo por haber fallado físicamente a la hora de distinguir el significado de todo ese sexo –replicó Lexi. Se sentía escocida y desequilibrada, lo que solo consiguió disgustarla más–. Como tú señalaste, era virgen cuando te casaste conmigo. Ha sido el único sexo que he tenido. Para mí, es siempre así.

Atlas lanzó una risotada hueca y burlona. Le agarró los brazos.

–Si todo el sexo fuera así, Lexi *mou*, el mundo sería un lugar muy diferente.

–No puedo leerte el pensamiento, Atlas.

–Pídeme lo que quieres –le sugirió él. Sonaba tan

dolido como parecía–. Pídele a alguien algo que en realidad quieras. ¿O acaso sigues sin saber cómo hacerlo?

En ese momento, Lexi se dio cuenta de que nunca había pedido nada. Había aprendido hacía mucho tiempo que no había razón alguna para pedir las cosas que deseaba, porque a nadie le importaba si ella las recibía. No le importaba a nadie en absoluto.

La única a la que le había importado era a Philippa y Lexi se lo había pagado de un modo horrible.

–Está bien –dijo. Respiró profundamente y lo miró tan orgullosamente como pudo–. Ámame, Atlas. ¿Es eso lo que quieres escuchar? Porque eso es lo que yo deseo.

Atlas permaneció impasible e inescrutable. Por ello, Lexi siguió hablando.

–No quiero tu venganza por sexo. No quiero mil orgasmos que me hagan sufrir. Te quiero a ti. Quiero un matrimonio de verdad, hecho de sueños y esperanzas en vez de planes malvados para derrotar a tus enemigos. Quiero criar a este bebé juntos. Quiero recuperarme y sanar, pero, lo que más deseo de todo, es que tú también me ames a mí. Sin embargo, no puedes –añadió, soltando por fin el aliento que había estado conteniendo.

Atlas le apretó un poco más los brazos. Le clavaba los dedos en la piel, pero a ella no le importaba. Atlas parecía torturado. Fuera de sí mismo. Lexi no sabía cómo evitar la necesidad de querer, de desear. Quería ayudarle. Quería tocarle. Lo quería. Simplemente.

–No sé cómo –le dijo él, en un aullido que parecía salir de lo más profundo de su ser–. ¿No lo comprendes? Hablas de amor, pero no sé cómo amarte.

Lexi lo amaba. Lo amaría siempre. Lexi no disfrutaba en absoluto viéndolo sufrir.

–Atlas... –murmuró mientras levantaba las manos para colocárselas sobre el torso–. No puedes...

–Mi padre era un hombre abusivo y alcohólico –dijo él, incapaz de detenerse–. Nunca tuve a nadie más en el mundo, a excepción de mis abuelos, de los que me separó cuando tenía cinco años. Cuando tuve por fin la edad suficiente para escapar de él y volver a buscarlos, ya habían muerto –añadió sacudiendo la cabeza como si aquel recuerdo aún lo persiguiera–. Nunca he tenido nada en el mundo que no haya conseguido con mis propias manos o mi inteligencia. Tú has dicho que la única persona que te quiso murió aquí hace diez años. Una parte de mí envidia eso, aunque sé lo que ocurrió, porque yo ni siquiera tuve algo así.

–Atlas, no tienes que...

–Se suponía que esto iba a ser fácil –le espetó, casi como si la estuviera acusando–. Quería odiarte, pero hiciste que fuera imposible. No puedo perdonarlo. No puedo superarlo –añadió zarandeándola muy ligeramente–. No puedo encontrar en mí la manera de hacerte pagar.

–Ya he pagado.

–No quiero tu penitencia, Lexi. Te deseo a ti.

–Lo que quieres decir es que deseas hacerme daño.

–Hacer daño a la gente es lo único que sé hacer –susurró él. Dejó caer las manos de los brazos de Lexi–. No tengo nada más dentro de mí. Sé por qué saliste huyendo. Yo también lo habría hecho, pero te dije que no soy un buen hombre –añadió. Los ojos le brillaban con lo que parecía ser sentimiento en aquella ocasión–. Tal vez no sepa tratarte del modo en el que te mereces, pero tampoco tengo ni idea de cómo dejarte marchar. No puedo.

–Atlas...

–No sé cómo amarte –prosiguió él. Parecía que, tras

haber empezado a hablar, no podía detenerse–. No sé cómo amar nada, pero sí sé una cosa. Cuando descubrí que me habías abandonado, me sentí furioso, pero seguía siendo el mismo juego. Yo quería seguir jugándolo. Sin embargo, cuando descubrí que estabas embarazada... Todo cambió.

–Debería cambiarlo todo –afirmó ella. Se colocó las manos sobre el vientre, como si ya pudiera sentir a su pequeño–. Esto es el futuro, Atlas, no el pasado. Es un bebé, no un fantasma. Nuestro hijo se merece ser amado. Cuidado y amado.

–No sé cómo hacerlo... –admitió Atlas. Una terrible angustia parecía haberse adueñado de él.

Lexi sintió que se le partía el corazón. Sabía que él tenía razón. Ella sabía lo que sentía por él incluso cuando se marchó de su lado. Incluso cuando huía pensando que jamás volvería a su lado.

Sin embargo, el amor suponía perdón, no miedo. El amor era duro y maleable al mismo tiempo. El amor no flaqueaba a la primera señal de tormenta. Ni siquiera a diez años de tormenta. El amor podía presentar batalla. Armarse. No tenía sentido.

No obstante, no se podía fingir que el amor significaba la huida. No se podía fingir que ella no había estado queriendo a nadie más que a ella misma y a sus viejas fantasías sobre quién debería ser Atlas hasta aquel mismo instante.

–Yo tampoco sé –le dijo cuando por fin pudo sobreponerse al terrible dolor que sentía en el pecho–. ¿Cómo lo va a saber alguien?

–Quédate a mi lado –le suplicó él con el rostro aterrado, torturado, como si en realidad siempre hubiera tenido sentimientos–. Quédate a mi lado y aprenderé. Soy un hombre que siempre ha hecho todo lo que había dicho que haría. He aprendido a dirigir multinacionales a pesar de haber crecido en una barriada de casuchas de mala muerte. Puedo hacer todo lo que me proponga, lo sé. Quédate a mi lado y dedicaré mi vida entera a aprender cómo amarte, a ti y a nuestro hijo, con todo mi ser. Con todo lo que tengo. Te lo prometo.

Lexi deseaba creer aquellas palabras más de lo que nunca había querido creer nada. Casi no podía hablar.

–Si esta es tu verdadera venganza...

–¡No puedo dormir sin ti, mujer! –exclamó–. No pienso en nada más que en ti. Haces que me lamente de lo que soy, del hombre en el que me he convertido. Lo único que quería era venganza, pero lo único que veo eres tú.

Lexi se dio cuenta de que veía borroso. Ya era incapaz de contener las lágrimas. Sin embargo, Atlas no había terminado.

–¿Es eso amor? No tengo modo de saberlo, pero sé una cosa –añadió mientras levantaba la mano y trazaba una suave línea sobre su mejilla–. Tú eres lo único que me ha hecho sonreír desde que tengo memoria. La idea de que estés esperando un hijo mío me hace sentir como un dios entre los hombres. No me imagino una vida de la que tú no formes parte –susurró mientras le agarraba la barbilla, tal y como había hecho hacía ya tiempo en la cochera, cuando la amenazó con todo lo que ella siempre había deseado–. Quédate a mi lado, pequeña. Nos enseñaremos a amar mutuamente, hasta que nos resulte tan natural como respirar. Tú, yo y el niño que hemos hecho juntos.

Lexi pensó que, tal vez, el amor era fe. Creer que lo que había pasado antes era menos importante que lo que estaba por venir. La fuerza de dar un paso al frente en vez de huir para siempre. La creencia de luchar para conseguir más y de no conformarse con menos merecía la pena, por muy dolorosa que pudiera resultar la lucha.

Ella había tratado de ser como el acero. Dura y cruel. Lo único que había conseguido eran lágrimas y fantasmas en una casa vacía, cerrada con llave contra años de inviernos y una vida de terribles recuerdos. Pensó que podría dar un paso al frente. Amar, pasara lo que pasara. Por mucho miedo que le diera. Por muy vulnerable que le hiciera sentirse.

–Yo también te amo, Atlas –dijo con convicción–. Siempre te he amado y siempre te amaré.

Fue ella quien dio un paso al frente. Ella la que le rodeó la cintura con los brazos y levantó los ojos para poder contemplar su hermoso y duro rostro.

–Bésame, esposo –le dijo–. Si quieres, podrías hacerlo eternamente.

–Eternamente será –prometió él–. Te lo juro.

Sin embargo, la besó como si fuera la primera vez. Como si cada vez que lo hiciera fuera su primera vez. Un sentimiento maravilloso, apasionado y capaz de curarlo todo. Perfecto en todos los sentidos.

Suyo para siempre.

Así sería.

Atlas se encargaría de que así fuera personalmente, tal y como le había prometido.

Para siempre.

Capítulo 13

ONCE años más tarde, Atlas estaba en aquel mismo lugar de Martha's Vineyard observando los barcos de vela en la distancia. Recordó aquel lejano día en el que había encontrado a Lexi allí mismo, asustada y desafiante a la vez. Recordó las cosas que se habían dicho y el modo en el que habían luchado para estar juntos tal y como si hubiera sido el día anterior.

Sin embargo, desde entonces habían ocurrido muchas cosas.

Se había tardado más de lo que debería reunir las pruebas suficientes para demostrar lo que Atlas había sospechado durante mucho tiempo. Richard había estrangulado a su propia hija antes de ahogarla en la piscina que, hacía mucho tiempo, Lexi decidió retirar del jardín. En su lugar, había un jardín de flores para celebrar la vida de Philippa en vez de sufrir por su muerte. Lexi había dicho que así cerraban aquella página de su vida.

A Atlas le gustaban las flores, pero prefería ir a visitar a Richard a la cárcel, que era donde debía estar.

–¿Has venido de nuevo para gozar viéndome aquí? –le preguntó Richard la última vez que Atlas fue a verlo a la misma prisión que se había tragado una década de su vida.

Atlas se limitó a sonreír.

–Nunca me dijiste por qué lo hiciste. Por qué mataste a tu propia hija.

Richard había envejecido en la cárcel, pero aún se atrevía a tratar a Atlas con la misma desaprobación.

–Ella me desafió –le había respondido nada más, como si aquello lo explicara todo.

Tal vez así había sido. Tal vez, para un hombre como Richard, la obediencia era lo único que importaba. Había querido que su hija se casara con quien él quisiera y ella se había negado. Por lo tanto, se había deshecho de ella.

Atlas prefería su propia vida, por muy complicada que esta fuera. Oía a su hijo Ari, de diez años, en la distancia, gritándole órdenes a su fiel escudero, el pequeño Nikolai, de ocho años, mientras los dos niños jugaban en la pista de tenis.

Cuando giró la cabeza, vio a su encantadora esposa dirigiéndose hacia él. De la mano, llevaba al pequeño Gabriel, de cinco años

Todo lo que le importaba estaba allí mismo, en su corazón, entre sus brazos, en la vida que Lexi y él habían construido juntos.

Ella le había enseñado a perdonar y, aunque Atlas siempre sería un hombre duro, lo intentaba. Después de la detención de su padre, Gerard y Harry se habían quedado completamente descolocados por lo ocurrido. Sin embargo, gracias a la insistencia de Lexi, aún se reunían y disfrutaban en las fiestas familiares que ella organizaba.

–Porque nosotros decidimos quién es nuestra familia –le había dicho a Atlas hacía muchos años, con la misma determinación que hacía que él la adorara aún más–. No un hombre enfermo y entre rejas. Nosotros.

Así había sido.

Incluso Harry había cambiado. Había dejado de beber y había conseguido un trabajo en una organización benéfica de Londres, primero como figura decorativa, pero después se había hecho con el mando de todo. Se había casado con una mujer que lo adoraba y tenían unos gemelos de dos años.

–El mejor regalo que me han hecho en toda mi vida fue que me despidieras –le había dicho Harry a Atlas unas navidades–. Me convertiste en un hombre, Atlas. No lo olvidaré nunca.

Atlas ciertamente no lo hizo.

Había estado encerrado diez años de su vida. El día en el que salió por fin de la cárcel, pensó que había recuperado la libertad, pero no había sido así. Había seguido metiéndose en su celda. Se había encerrado dentro de ella junto con Lexi y no había tenido intención alguna de salir de allí ni de permitírselo a ella. Se había encerrado en una cárcel de odio y de venganza. Le había prometido a Lexi diez años de sufrimiento y ella, a cambio, le había dado amor. Afortunadamente, todo era muy diferente..

Contempló a Theo, su hijo de tres años, que dormía entre sus brazos después de tratar de jugar al mismo nivel que sus hermanos. Decidió que no cambiaría por nada en el mundo los lazos que lo ataban en aquellos momentos. No le hacían parecer inferior ni más pequeño, sino más grande y poderoso.

La mejor venganza era vivir bien. Encontrar la felicidad a pesar de la oscuridad. Dejar a un lado las dudas y la culpa para dirigirse a la luz. Juntos.

Lexi llegó a su lado y los dos observaron cómo Gabriel se agachaba para tirar de la hierba. Atlas la sentía a su lado. La brisa le alborotaba el cabello y bailaba entre ambos.

–¿Vas a decírmelo o tengo que sacártelo por la fuerza? –le preguntó él.

–Estoy disfrutando del momento. No ocurre a menudo que yo sepa algo que tú no.

Los ojos de Lexi relucían. El amor que Atlas le profesaba debería haberle asustado, tal vez era así, pero ya estaba acostumbrado a la enormidad de lo que sentía por ella.

Lexi volvía a estar embarazada. Los dos habían acordado que aquel sería su último hijo, que ya habían construido la enorme familia que siempre habían deseado. Habían criado a sus hijos con todo el amor que habían podido y Atlas sabía que eso no se iba a detener. Crecería cada vez más cuando sus hijos encontraran cada uno al amor de su vida y fueran añadiendo miembros a la familia. Habría bodas, nacimientos... Los nietos jugarían en aquel mismo lugar. El corazón de Atlas ya no era un órgano confinado exclusivamente en su pecho. Era Lexi. Eran todos y cada uno de sus hijos, todos juntos. Era el bebé que crecía en su vientre y al que solo le faltaban unos meses para nacer.

En aquella ocasión, Lexi no había querido esperar al nacimiento para saber el sexo del bebé. En aquella ocasión, la última, había querido saberlo de antemano.

Atlas esperó con Theo entre sus brazos y observando a Gabriel. Oía a sus hijos mayores en la distancia. Gozaba con el sol y el viento en el rostro. Cosas que un ex convicto, a pesar de haber sido exonerado, nunca daría por sentadas.

–Es una niña –susurró Lexi. Atlas sintió que le daba la mano–. Vamos a tener una niña.

Atlas se llevó la mano a los labios y se la besó. Una dulce promesa del modo en el que la recompensaría más tarde, en la cama, cuando estuvieran los dos solos.

Seis meses más tarde, Atlas tenía a su única hija en brazos. Era una lluviosa mañana de Londres. Sin embargo, aquella pequeña llevaba el sol con su presencia, igual que su madre. Ella sonrió ampliamente cuando Atlas le colocó a la pequeña sobre el pecho y a él le pareció que sentiría aquella sonrisa eternamente, como si fuera una especie de marca, siempre ardiendo y brillando.

–No podría amarte más –le dijo.

Lexi, su hermosa Lexi, sonrió aún más.

–Siempre dices lo mismo –le recordó ella–. Y luego es siempre más.

Atlas le juró que siempre sería sí. Del mismo modo, amaría a sus hijas y a la pequeña que acababan de dar la bienvenida al mundo aquel día y que Atlas esperaba de todo corazón que fuera como su madre. Hermosa y enloquecedora, dulce y testaruda, tan brillante que era capaz de iluminar un corazón tan oscuro y amargado como el suyo.

Y, para asegurarse, la llamaron Philippa.

Bianca

Su matrimonio se había terminado seis meses antes. ¡Y tenía doce horas para hacerla volver!

MATRIMONIO A LA FUERZA

Pippa Roscoe

Odir Farouk estaba a punto de convertirse en rey, pero para acceder al trono necesitaba tener a su rebelde esposa a su lado. Odir no quería admitir el deseo que sentía por ella, se negaba a poner en riesgo su poder por culpa de la pasión. Eloise, rechazada, se había marchado, pero Odir necesitaba que volviese con él antes de que se hiciese pública la noticia de su sucesión, y el placer iba a ser su arma más poderosa para convencerla.

¡YA EN TU PUNTO DE VENTA!